心想画画
就画画。

YOLI | 作品

北京时代华文书局

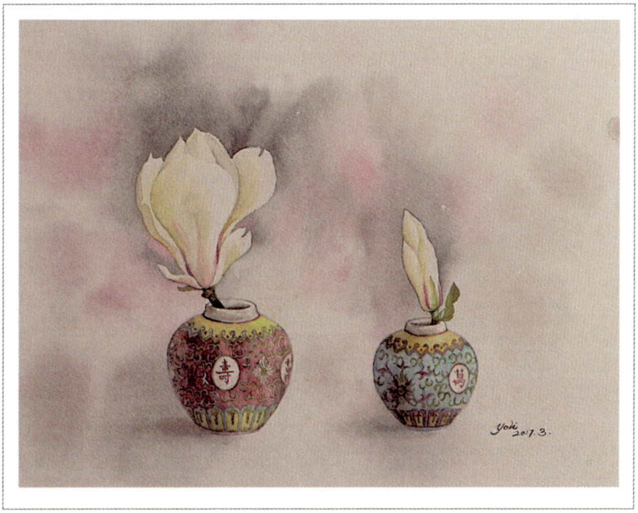

序

心想画画就画画

在几年前，我还常说："等我50岁了，我再画画。"

说这样的话，并不觉得有什么不妥。直到有一年在一个画展上，我碰到一个男孩拿着本子专注地临摹面前的大师作品，我情不自禁对身边的友人说："希望我一年后也能这样。"

那个男孩专注的侧影像一个重音激荡了我的心，在他沉静的目光里，周围稀稀落落看展的人似乎都消失了，这个空间里只有他、他笔下的画和面前的画。

那一刻我拷问我所有过往的胆怯：站在红绿灯路口用手指在包包上划拉街头轮廓的我，在公交车上着迷地看着一个女孩的背影忍不住在牛仔裤上勾勒的我……我真的想画吗？我真的想画吗？不，我对企求人群认可的欲望超越了我对自我实现的欲望，我在乎他人目光的心思盖过了我聆听自己的心声。我没有战胜我自己，一日一日承担这种想而不得的痛苦，而又不愿意正视自己心中的痛苦。

所幸我没有等到50岁,我实现了自己的诺言,在一年后就成了那个心想画画就画画的人。

心想做,就去做,并不容易。因为我们重视人群的意见更甚于重视自己的意见,我们害怕在人群中做自己想做的事情,那会显得我们太特立独行了,那会显得我们太不安全了。我们早已忘了我们的心想要什么。

准确地看见自己内心的光,并迎着它去。那一年里,我给了自己很多练习,在公园画画,在餐厅画画,在公交车上画画,在旅途中画画。不止是练习画画,让自己曾经熟悉的手感再回来,更是练习自己的心,把自己置身于人群里,并慢慢地投入自己的专注。不需要刻意和人群保持距离,也不需要着意去融入人群,在这样的练习里,人群的声音、人群的目光不再对我造成困扰,我在人群里,但我是我自己,这种感觉太迷人了。这是一个从来未有过的自己。

公园里热情的大爷大妈还会吆喝一堆人来围观,像观赛一样猜测我在画哪一枝哪一朵花,并间或摆弄他们的家常聊聊彼此的儿女,还有年轻妈妈会拧着孩子凑过来并指点孩子。作为女儿,作为母亲,我获得一种美好的机会,当我在画一朵花的时候,我也像一朵缄默的花一样聆听世间人情,曾经身处其中让我倍感困顿和迷惘的部分,随着颜色一点点地渗透流动,心也不知不觉感到清透起来。

恍然间,我有些领悟,切实投入当下正是幸福本真。

人们在言谈中焦灼的无非都是过去和未来，而我们却无力专注于当下。没有沉淀的当下，过去没有落点一地散沙，未来无根可依四处摇摆，在我们的心里掀动着尘埃。

我们常常说"等我们……我们就……"，但我们从不说"现在我想……所以我做……"。我们心里充满了各种搪塞过去和未来的声音。

自从把自己丢到人群，或者说管它是不是在人群里，心想画画就画画，才觉得自己真正地在画画了。所有曾经困扰我的，使得我焦灼的，是因为我想取悦于人世取悦于他人，但我独独忘了取悦自己，其实不过是把自己放得太重。

　　想画就画，为自己而画，不再想怎么画才能显得自己很厉害，不再想怎么画才能掩盖自己的浅薄，喜欢画什么就画什么，哪怕只是一草一花，忠诚于自己的内心，忠诚于自我的当下。当我能够做一件哪怕取悦自己的小事，当我能够把自己的不足展露于人前，我的内在就获得了平衡。当专注于当下的一笔一划，自己反而在其间消失了。那些庸繁缠绕的人世琐碎，也显得格外可亲了起来。

　　画畅快了，人清明了。在一日一日的练习里我获得了自我的确定，哪怕人群各有情绪流向，哪怕世间节奏有快有慢，我也踩着自己的节奏，画自己的画，走自己的路。

　　什么是自信呢？
　　无非就是我想，于是我做。
　　什么是幸福呢？
　　无非就是我想画画，就画画。

目录 CONTENTS

Part 1 / 心想画画 就画画

画画，是我人生的暂停键 // 002

做好自己擅长的，就很棒了 // 006

画画，是一件必须诚实的事 // 009

努力只能做最好的我，放松才能做实在的我 // 014

以郑重的心态对待每一个日常，

　　　以平常的方式对待每一次隆重 // 016

珍惜缺失的自己 // 019

你活过的每一天，都是你的基础 // 023

关键的不是步骤，而是节奏 // 025

任何时候停下来都是一幅画 // 029

忠于自我，是唯一的评价标准 // 032

我从那世俗中来，还将回那俗世中去 // 034

生活不易，敬之以美 // 037

"会"不重要，"爱"才比较重要 // 040

"美"最好的回馈，就是爱 // 042

教育本身是空洞的，只有爱才赋予它意义 // 044

孩子，你的自信是你的，不是我让给你的 // 046

你的缺点就是你的个性所在 // 052

找一个美好的角落容纳你所有的不堪 // 056

Part 2 / 看见生活的光，并迎着它去

见喜悦的人，说开心的事 // 064

你看我是谁，我就是谁 // 067

如果觉得苦，那苦就是你的功课 // 071

记忆里那只美味的鸡 // 074

假如人生无法挑选 // 078

"有人觉得你狼狈吗？" // 081

"做自己"的重点和难点 // 084

心里很浓，而活得很淡 // 086

每个人做好分内事，这个世界就很好了 // 088

身在浊世，心在清空 // 090

过于追求的往往面目全非 // 093

有时候，我会任由生活糟糕一会儿 // 096

孤身前往纵使难行，屈从他人也未必好过 // 098

成长是不断地自我丢失，而成熟却是与自我重逢 // 100

节日，就是不只有"我"的世界 // 104

"过得去"的智慧 // 108

有得拼命的命运是幸福的 // 111

对自己柔软一点，别逼着自己强大 // 115

对自己选择的，抱有一颗简朴的心 // 118

不要降低生活的标准，才能把生活过得正常 // 120

保持"没问题"的心比没问题的环境更重要 // 124

Part 3 / 请你爱我，
就爱我是一朵花的样子

希望我们都是懂爱的，让爱伸出窗子去 // 132

请你爱我，就爱我是一朵花的样子 // 135

谁说婚姻不孤独 // 138

没爱过的会永生，爱过的才会死去 // 140

只是不愿做"爱"的顺民 // 146

爱，是让你成为没有我也很好的人 // 149

做一个心安理得的被爱者 // 153

这个世界上并没有另一个你 // 156

星宝的三滴眼泪 // 162

一切并不"都是我的错" // 166

你的心里,有开心的窍门 // 169

有时难免会忘记,因为有爱,总会记起来的 // 177

对父母最大的爱,就是让自己幸福 // 180

做父母是来不及思考的 // 184

我为什么想生孩子 // 188

我没有自信做孩子,所以成为了妈妈 // 196

我站在彼岸观察,看见爱在萌芽 // 204

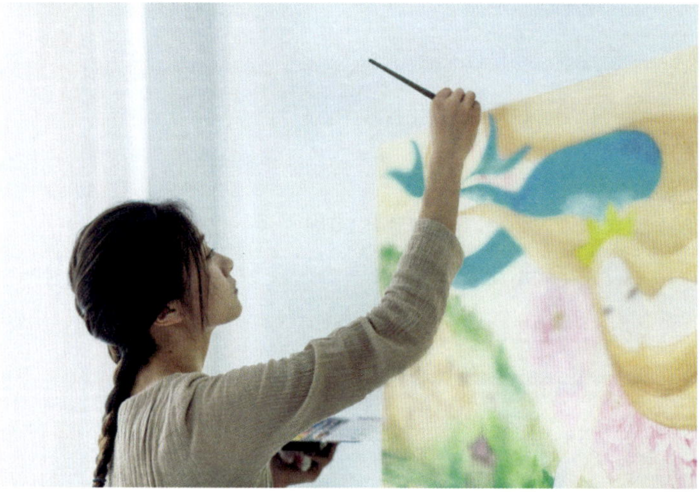

Part 1 / 心想画画
就画画

　　大家总是说：我完全没有基础啊，这个年纪还能学会画画么？其实，你活过的每一天，都是你的基础，都是你的底气。

　　绘画只是生活方式的一种，如同生活本身，任何时候你想开始都可以，重点是你想。不管这个世界是快是慢，关键是拥有自己的节奏，用自己的脚步去走，跟自己相处。

画画，
是我人生的暂停键

有了孩子以后，生活真的是糟透了。

不管孩子笑起来多么甜美，拥抱的时候多么温软，看见他睡着的样子心里多么满足，是的，内心是感到许多幸福，但我依然不得不说，有了孩子以后，生活真的是糟透了。

睡不好的觉，收拾不完的家，操不完的心，更多的忧郁、疲惫、颓废，何况天气还这么热。

有时候我都忍不住想，上一个孩子出生时那么糟的日子我都忘了吗？怎么会又稀里糊涂生了一个。

认真一想，可不是忘了。不就是在我的生活糟糕透顶的时候，疲惫得机械着原地打转的时候，我重新拿起了画笔吗？

画着画着，居然都忘了，我曾经走过那么糟糕的一段。

我爱画画。画画是我的药，健忘药。画画是我人生的暂停键，咔嗒，把那个机械着原地打转的我，暂停了。

有了孩子以后觉得这个世界特别黏糊，带着孩子出门整个世界都是亲戚，都会上来搭话，都会来关心你。而我只是想出门静一静，就连出门安静地闲晃都是奢侈。有了孩子，都不知道这个世界哪里可以找一个真空地带，没有孩子，没有家人，没有别人，只有我……

　　还好有画画，让我暂停。

　　当我拿起画笔，身边的声音都渐渐远去，穿多还是穿少，吃多还是吃少，该不该竖抱，要不要叫醒，该不该戴帽，要不要穿袜……都暂停。

　　终于有个地方，只有我，没有其他。

　　所有的关心，暂停。

所有的操心，暂停。

焦虑，暂停。

烦劳，暂停。

不放心，暂停。

画画是按下人生的暂停键，我跟我自己独处。

有了孩子以后生活真的是糟透了。可就是这么糟透了，把我的时间都挤没了，我才知道我需要什么。我需要的原来就是找个时间，找个空间，找个入口，找个出处，把自己放一放。

别人以为我照顾孩子很累，其实我是无处无刻地被密集地包裹着很累。

我以为我是每天抱着孩子很累，其实我是每天拽着自己放不下来很累。

画画让我暂停，让我的世界真空，把自己放下来。

不是孩子把生活变得这么糟糕的，而是生活从来都没多么好。孩子让我知道，别等着世界让我欢欣，我得自己取悦我自己。找个地方把自己放一放，哪怕只有十分钟。就像一两朵小花，就可以明亮一整片荒原；就像稀稀落落的星星，就可以抵抗一整夜的幽暗。

带着孩子在大理的旅程里，每天动一动笔，就是我最好的休息，宛如心的睡眠。画画对我来说不是严肃的事，也不是高尚的事，就是一件小小的，自己讨自己欢心的事。我的画就是我的简单快乐，咔嗒，暂停。在这一片真空里，简单一点儿也不比繁扰单薄，快乐一点儿也不比痛苦浅薄。

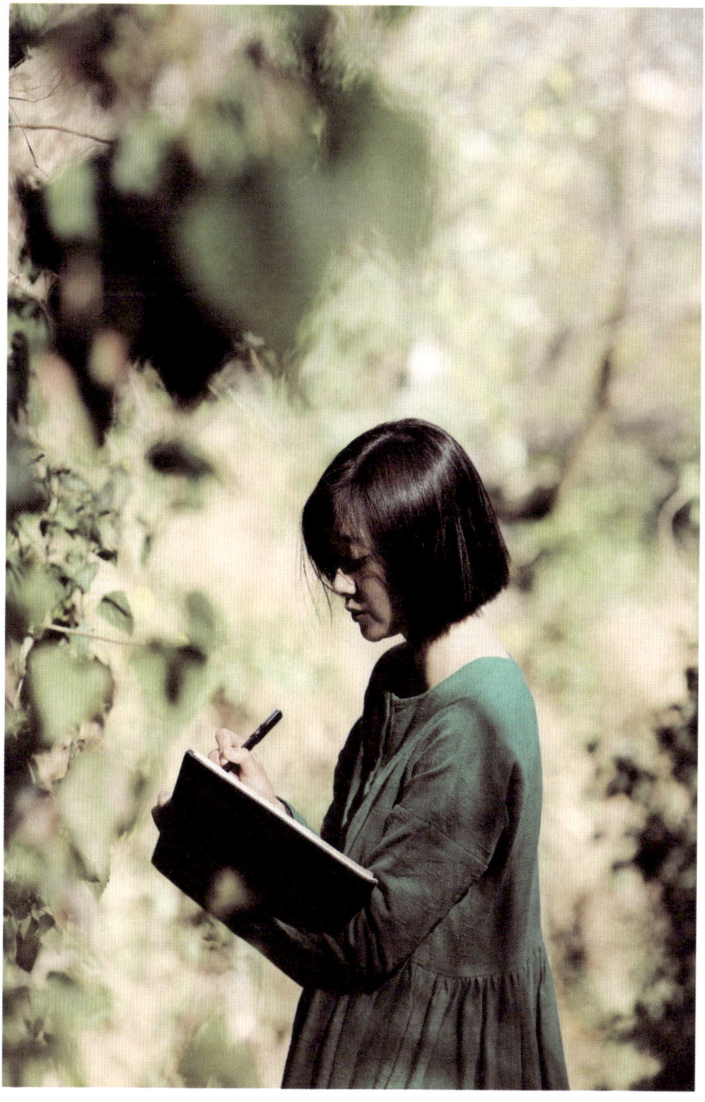

做好自己擅长的，
就很棒了

我喜欢水彩，因为它不仅有酣畅洒脱，还有细腻严谨。

我并不是一个生性洒脱的人，细腻克制倒是更为擅长。每个人似乎都会有这样的时刻，对自己擅长的、拥有的不以为然，反而刻意去追寻自己不太擅长的部分。

我们总是想要去纠正、填补那个不够"全才"的自己，这也是我时常在初学者身上看到的，我会安慰他们说："其实做好自己擅长的，就很棒了！"

当我说出这句话时，我发现这是对学生们说的，更是对我自己说的。

它其实是我一直在内心期待的那句话。

我们的老师，我们的父母，我们的教育，似乎总在提醒我们，我们不擅长的部分。有一个著名的理论——短板效应，就是讲一只木桶能装多少水取决于它最短的那块木板，以至于我们一辈子都在跟自己的短处较劲，而从未接纳过自己的长处。

事实上，当我们看看那些真正拥抱自己、热爱自己的人，并不一定是全能全才，他们只是拥抱了自己所擅长的，并热爱它，将它发挥到极致，从而获得了成功。

一开始水彩吸引我的，就是它的酣畅淋漓、轻盈明透。因为那是我不擅长的。

有很长一段时间，我一直在水彩里刻意地求"放松"，而这放松是故作的放松，并不是真正的放松。

什么是放松呢？是鱼就尽情地游，是鸟就尽情地飞。

是的，放松就是认识自己，并做自己。这个认识包括两个方面——认可自己的长处，并接纳自己的短处。事实上，当我们真心去接纳"不完全"的自己后，从某种意义上，我们反而获得了完全。

当我接纳自己就是拘谨的、克制的、审慎的，我从内心深处松了一口气，反而获得了一种前所未有的松弛。这份松弛是，你深刻地明白，短处就是长处，长处就是短处。于是自我得以融合，不再分离成"够标准的我"与"不够标准的我"。

当我越来越愿意在水彩中细腻克制，我也越来越能够在水彩中酣畅洒脱。如果从来没有拿起来过，又怎么会放得下呢？如果从来没有紧张过，又何谈松弛呢？没有红尘痴缠，又哪来淡泊人生。

所以我喜欢发现学生们各自擅长的，并鼓励他们热爱自己擅长的，尽情自己擅长的。而不是制定一个规范的模板去衡量每一个人，

计量每个人缺失和不足的部分，拧巴地弥补。我更喜欢看一个人学习的状态，而不是学习的结果。学习应使得一个人更加开阔而平静，而不是拧巴而焦虑。如果学习的状态不够好，结果自然是扭曲的。

　　学习是使得我们更好地去做自己，做好自己擅长的，就足够得好。是鱼就尽情地游，是鸟就尽情地飞。只有当鱼全然地做一条鱼，它才会像鸟一样自由；只有当鸟全然地做一只鸟，它才会像鱼一样轻松。于是，鱼才会发现，它羡慕鸟的部分，已然拥有；鸟才会发现，它羡慕鱼的部分，从不缺失。

画画，
是一件必须诚实的事

当我做了母亲重拾画笔以后，我曾感叹"为什么我浪费了那么多时间，为什么我没有早一点想画就画呢"。可这一年来，我不得不承认我曾经错过它、遗失它，不是偶然也不是阴差阳错，而是我自己在逃避。

当年的我，无法在画中面对自己，所以我暗自逃离了，美其名曰我要去体验不同的生活，归根结底是我不足以诚实地去面对我自己。

在画画上，我一直是像教科书一样的好学生，是我的启蒙老师的得意门生，我无比擅长画得标准和正确。

然而有一天，在一位大学导师的画室，年迈的老人指着大家刚画好的一排作品问道：你们觉得谁画得最好？这些来自全国各地的同学把所有的手指都指向了我的画。我暗暗为我的老师感到高兴，心想这一趟没有给他丢脸。

可这位年迈的老人却指着我的画说：你们觉得这就是好的画吗？是的，这是标准的画，这是正确的画，但绝不是动人的画！

我何曾被这样批评过，而且是这样彻底地毫不留情地批评，老人指着我的画的手指不停地挥舞着，嘴巴开开合合讲了一个小时，可我什么都没听到，整个人都懵掉了，过去我一直认为正确的、规范的东西在顷刻之间崩塌。

那真是极其难堪的一天，我抱着画板在回程的路上，恍恍惚惚，结果把画板和画箱全部都掉在了公车上。

我面子上是过不去的，可我内心里却不得不承认，那位老人是对的。

我的画"好"但并不"动人"。

我一直以讨得他人的高兴而高兴，一直以让他人荣耀而自豪。画是无比诚实的东西，我们可以在言谈里去修饰，在文字里去掩藏，可唯独画是赤裸的。我是什么样的人，我就只能画出什么样的画。我这个只会微笑的孩子，只是用头脑，用自以为善用的技巧在画画，自以为一切都做得好，生活中所有的一切都显示正确，可我的画骗不了人——我这个没有情绪的人，画出的画也没有感情。

面对画越久我就越讨厌自己，我知道当年的我并不是放弃了画画，而是无法面对画画。如果我不足以有勇气面对我自己，我便永远无法使得我的绘画真正地有力起来。这已经不是技艺增进、技法转换所能解决的问题，我的功课在别处。

"人要活得像是一个人，而不是某种规则下的看似正确的东西"。

我花了十年时间看清楚这个坑，不想再带人走进这个坑里去。教画画的技巧并不难，但我在我的课堂上却并不想用这种轻松的惯性的方法教学，因为我再也不想陷入这个"正确"的坑里去。

因为画画归根结底是要诚实，足够诚实地面对自己，只有流动鲜活的生命才能画出打动人心的画面。学到正确很容易，但是要获得诚实要难得多。

而画画，是一件必须诚实的事。

01211

//013

努力只能做最好的我，
放松才能做实在的我

和阿面阿野一起在望野的竹和田，晒太阳，喝茶，画画。画着画着，一个朋友说，你们不如画望野嘛。我心里咯噔了一下，但依然停笔正在画的花，应允说：好。

最近遇到一些心理上的瓶颈，我知道自己今天画不好，但还是决定就这么画下去。这对我来说，不容易。

果然，在这样的状态下，在这样的心态下，我一直在失败，我重画了一张一张又一张，直到最后也不满意。不用任何人说，我都知道我没画好。望野特别窝心地说"好喜欢你画的我"。

我努力修习让自己面对那个"失败的我"，却还是有些用力过猛。

而亲爱的阿面，却放松得让人着迷。完全不会画画的她画出来的望野、阿野和我，整晚都被大家不断地调侃。整个桌子，只有我在称赞她，并不因为我是她的师父，而是我真心爱她放松的自在。

阿野在路上跟阿面说："我要是画你那个样子，肯定不会拿出来，要回家练好了再拿出来嘛。"

"这就是阿面的可贵之处啊。人人都是拿出那个最好的我，这世界却没几个人能做到像阿面这样。"我说道。

我说我要向阿面学习，大家以为我在逗趣儿，其实我却是发自内心的肺腑之言。我作为师父，能传授的只是技艺，而在徒弟阿面身上，却有着比熟练的技艺更可贵的东西。

对于我来说，我要敢于去大方袒露那个"不是最好的我"，是很不容易的事。可对阿面来说，她根本不需要"敢于"，也不需要"努力"，能够跟那个不够好的自己自然相处，对她来说似乎是与生俱来的能力。而这背后意味着，阿面是个对爱有足够安全感的人。

对爱有安全感的人，总是让我着迷。因为我不是。我需要努力做到一百分，我需要努力天天向上，我需要努力循规蹈矩，我总是惯性地希望拿出那个最好的我，才会感到是踏实的，但这个踏实其实并不多么实在。

"没有任何一张画是完美的，就像人生怎么活都会有遗憾。"

这是我时常跟徒弟们讲的话，可这句话其实是说给我自己听，我一直在通过画画这件事修习自己，修习自己接纳缺憾，接纳遗憾，接纳那个做不到最好的我，修习自己不要总是努力和用力，修习自己对爱要有安全感。

以郑重的心态对待每一个日常，
以平常的方式对待每一次隆重

坐在桌前吃早餐时，瞥见阳台上的绣球花干得差不多了，却依然保有漂亮的紫红色，便拿了一把剪刀，一枝一枝小心地把绣球花剪下来，插进瓶子里。做这件事情的时候，晨光慢慢斜了下来，一切正好，我坐在桌前将它们画成一幅画。

我喜欢把这些日常的花朵用心地装进瓶子里，郑重地画它们。因为这些俯拾皆是的美，值得静默又庄严地面对。

读书的时候，每逢中秋，我都会去超市买两个月饼，给我老公一个我一个。他说我愚蠢：想吃等到明天吃啊，过了今晚就会降价了。

我说：今天吃才会有意义啊。

他这个理科生便取笑我的形式主义。可我却很郑重地告诉他：节日才不是形式主义，节日是在提醒我们，要用郑重的心态对待每一个日子。如果没有节日，那么这一天跟每一天都没有区别，可是因为我

们有郑重的心态，这一天便跟每一天都不一样了。

为了这"不一样的每一天"，他也跟我一起郑重面对每一个节日，哪怕只是在出租房用小小的电饭煲配上冷冻的汤圆，我们也要在元宵节吃一碗双数的元宵。

但现在每逢节日，我反而不说些什么，这一天只是静静留给家人，做些日常的事。因为现在的节日都太过于隆重了，隆重到我只想平常一点儿。

对待每一个日常，都怀着郑重的心态。对待每一次隆重，反而要用平常的态度。

这是我对生活的态度,也是我对绘画的态度。所以我不介意绘画的外部形式,它对我来说是随性的信手拈来,也蕴含庄严的仪式感。

我乐于自己在家自得其乐地绘画,也愿意将自己置身于公众场合作画。不管是户外还是室内,不管是公园还是一场表演,我都乐于尝试,把自己置身于各种声音与人群中去。画画最重要的是找到作画的节奏,生活亦然,不管世界是快是慢,也要找到自己的节奏。就像我们日常需要面对的生活,如何在保持自我的同时与世界和谐相处。

我通过绘画与世界相处,这些蕴含在水的变化与宽阔中的道理,便是我从水彩中所习得的,它既是日常的,也是郑重的,就像我们生活的每一个日子,只需用心,不必着意。

珍惜缺失的自己

最近我时常想起志曾经送我的一幅字。寝室的夏天闷热，我爸来接我回家时，我就邀着她一起来我家睡。志写得一手好字，那天她到我房间就拿出折叠着的一幅字，打开来大大的一张，上面写着四个字"大道无形"。

我说这是什么意思呢？

志说，你以后一定会懂的。

最近我时常想起这四个字，是因为我在想，修习到底是为了什么。

我特别喜欢水彩，因为水彩很像人生，它不可逆，不可修改，不能通过覆盖、加深颜色来修改错误。所以我会跟徒弟们讲："画错了，不要改，让错误成为画的一部分就好了。"

画水彩就是这样，从一开始就要无比地清楚你要什么，你要朝着哪一个方向去，因为你没有机会边走边看，当你走着这一步，接下

0201/

来就已经是下一步。我喜欢画不同的对象，我喜欢运用不同的方法来画，几乎每一张画都会略作调整画画的节奏和方法。我喜欢这种不可预见的紧张和期待，这种新鲜与未知让我保持着高度的专注力。失去了这种趣味，已经走过的路，再走一次未必会更好。

这带来我喜欢水彩的另一点，它需要同时解决好几个问题。不像其他的画，主次、虚实、疏密、轻重缓急，这些问题可以一个一个地来。人生哪有那么客气，从来不会等你解决完一个问题才来下一个。必须在水干的速度里，解决所有的问题，我无比沉醉于这种状态，从一开始的手忙脚乱，到一遍一遍逐渐拥有属于自己的节奏。即使所有的问题都必须同时面对，周遭的一切是快是慢，我也依然可以稳稳地按自己的节奏来。

而最棒的是，水彩它只能做一半。不管你多么善于把控你自己，计划每一步，最重要的是"停下来""收手"。你停手的时候，永远不是它最后的时候，画干的时候和湿的时候是不一样的。如果你把一切做到满，你就会发现结果原不是你想要的；更多时候，你要学会做一半，停下来，放手，这其中蕴含的那一份"已知的未知"是真正的智慧。

就是这样，这就是我在画画中的修习，不仅学会紧张，还在学习放松；既要练习控制，更要懂得放手。

画画，是我唯一灵巧的点，生活中的我实际要愚笨得多。我曾经想，我还算是聪慧的，努力练习加学习，还是有望可以活得得心应手，以及圆满周全吧。那时我觉得，修习的目的应是圆满、持稳。

而画画让我了悟，修习原来不是为了使我抵达完美，而是为了使我获得因真诚而得来的自由。这份自由不是我变得老练圆熟、得心应手，而是我不再渴求用滴水不漏的壳子来抵御问题，可以接纳那个面对问题依然会不知所措的我；我也不再渴求拥有面面俱到的能力来解决问题，把问题不当问题，问题对我也就不是个问题。

于是，突然间有点珍惜这个还有些莽撞和缺失的自己。所谓大道无形，正是如此吧。道，不是刻意求索一条路，珍惜着又轻松着走好脚下这条路，就是道。

你活过的每一天，
都是你的基础

　　大家总是说：我完全没有基础啊，这个年纪还能学会画画吗？
　　可是，什么是基础呢？
　　你活过的每一天，都是你的基础。

　　经过了一定的年月，你一定懂得——美，不是刻意追求，而是自然而然，是细微感知。美，并不一定庞大具体，也并不在远方，唯有你抖落心上的灰尘，才发现美如星辰，闪烁在你身边的细微之处。
　　正是因为深知这一点，绘画对我们来说，并不只是向外求索，更是向内沉淀。我们在画笔里，专心沉淀"生活的基本美"，绘画，只是我们追求美的一种姿态，一条通路，它帮助我们心无杂念，它帮助我们唤醒知觉。

　　"迷人书中求，悟人向心而觉"，那些向外求得的知识努力去抓就可以得到，可那份向内领悟的智慧却需要放松的姿态才能领悟其中。

　　日复一日练习的技巧与基本功，随时都可以开始；但那些经年累月沉淀的底蕴，却是需要时光酝酿。

　　你曾经活过的每一天，都使得你对美的理解更加深刻，使得你内心的沉淀更加厚重。多大的年纪才开始不重要，有没有过专业的训练不重要，我们活过的每一天，都是我们去感知美、凝练美的基础。

　　绘画，不仅仅是一种技巧，更是全身心的感觉凝聚；绘画，也不仅仅是一项技艺，它是一种生活之美。

　　绘画就是一种生活方式，所以我的课堂，它可能不是你所理解的那种课堂，在这里，课程的设置没有起点没有终点，如同生活本身，任何时候你想重新开始都可以。你无须担心你与这个课堂是否同步，你与周围的人是否同步，因为在这里，你并不需要与世界相处，也不需要追赶他人的脚步，我们只是帮助你，找到你自己。不管这个世界是快是慢，关键是拥有自己的节奏，用自己的脚步去走，跟自己相处。

　　你活过的每一天，都是你的基础。你活过的每一天，都是你的底气。

关键的不是步骤，
而是节奏

一次布置课下作业，我跟孩子们说："画你们想画的。"

教室里一片空白，大家你看看我，我看看你，然后他们说道："老师，你还是给我们一些要求吧。"

我不由得感叹："你们真是被链子拴久了，现在把链子撤了，让你们撒欢儿去跑吧，你们反倒是不会跑也不敢跑了。"

我很感谢在中学时期遇见的历任语文老师，因为从初中到高中，他们都让我自由写作。那时每周3篇周记让同学们头疼得很，我跟老师说："你布置任务是为了让我们好好写，可每周3篇这样的限制很容易让人应付差事。你不规定我数量，我保证一定每周都交并好好写，但我只写我想写的东西。"

于是得到默许的我，有时一周1篇，有时一周5、6篇，有时写不出更多，一周就写几行小诗，有时又会洋洋洒洒写好几页。把生活里的所思所感所悟慢慢累积写成小文的习惯，就在那时养成了。

　　写文字就要写活生生的文字，只有感觉自己写文字时是鲜活的，才能持续十年、二十年不断去写的热情。

　　同样地，画画也要画活生生的画，要在画画时感到自己是鲜活的，才有可能画出有气息有生命的画。

　　这是我之所以不愿意做教程的原因。

　　绘画最重要的并不是步骤，而是思路和节奏。

　　我总是跟同学们说："不要把注意力放在作画的步骤上，而要把注意力放在作画的思路上。"

　　重复同样的步骤，恰如东施效颦，即使模仿其形，也只是更彰显拙劣。这样画出来的画是"死"的，没有灵性也没有生命，更重要的是，这种没有活力的方式也无法使人长久。教和学如果能够通过形成简单的步骤就可以传递和接收，那是懒，更是愚，"教"的人懒，让"学"的人愚。

　　"任何一个真理，都是流动的，一旦它发展成为一个体系，并要求忠于一些条条框框，这都意味着异化。"

　　对于水彩画而言，简单的画面，步骤简单，自然可以形成一些简单的规律，但若是认为我们可以将这些规律使用于任何画面，那便是误读。

　　我在做大幅的水彩画时，从没有使用过同样的步骤，这并不是故意为之，而是因画制宜。水彩画一旦抵达一定的画幅与阶段，随着所画对象的不同，随着对画面理解的深入，你会发现水在不同的纸张上，使用不同的笔，结合不同的颜色，在不同的气候影响下，在不同的地域区间里，产生的结果千变万化。这样的变化，怎么可以用简单的步骤一言以蔽之。

　　水是无形无状的，很难说我们能通过一模一样的步骤去实现同样的结果，这就像"成功无法复制"一样，哪怕我们使用同样的步骤，纸张上的水分不同，气候的干湿条件不同，都有可能造成差异。

　　相信大家都有过照着步骤教程做菜的经历，哪怕按部就班操作过一遍，即使成功了，下一次关上教程，也会完全忘记怎么做了。而一旦理解了为什么这个时间下料，为什么要加这味料，记忆自然会更加深刻。这便是我们理解了步骤与结果之间的关系，这个理解便会调动我们的思路。

　　同样地，在作画之前，我并不是先订立步骤，再做到结果，而是先调动作画的感觉，让整张画呈现在脑海里，再从这个结果反推向步骤。

　　你要做什么，才能达到这样的效果呢，这便是思路；在作画的过程里，随着水的变化而使用不同的方法，这便是节奏。

　　步骤是死的，可思路却是因所画之物而生成，节奏却是根据画面的水分而调整。"最好的东西难以言传，弄不好就会被误解"，说的正是"活学要活用"这样的道理。哪怕是好的想法,若是用固守和刻板的方式去实践,便很容易导致偏离的结果。

这世界没有什么通用于处处的窍门,也没有通达于一切的捷径。绘画的技巧和功夫,是阳光是雨露,是"术";绘画的心态和理解,是时间是季节,是"道"。"术"的练习,非一日之功,而"道"的领悟,更需一生去倾注。

任何时候停下来
都是一幅画

"要让你的画在任何时候停下来都是一幅画。"

这是每次在给同学们讲作画过程时我都会强调的一句话。我希望大家在关注作画步骤时能够关注到另一个很重要的部分，那就是作画的思路。

很多人会感到沉浸在绘画中的时候非常舒服，那是因为在作画时我们的心是静的、安宁的，而这种静并不是一片空白。心要清空、沉静，而头脑却要活跃起来，这才是作画的好状态，也是我对初学者一直强调的部分——要用好的状态进入学习。

一个成年人在日常生活中，真正能够活跃思维的时候并不多，很容易陷入按部就班的生活泥沼。大部分时候我们在日复一日地重复生活和工作里，是处于心里风尘仆仆，而头脑却一片空白的状态。

而作画可以锻炼我们的心性，使得这种状态得到调整——让心的灰尘沉淀下来，让头脑的运作活跃起来。心要清，脑要明，真正进入到这样的状态，在作画时才会进入到一种清明开阔的境地。

要让画面在任何时候停下来都是一幅画，意味着整体性的思维应该贯穿始终。这种作画的思维对我们日常的生活都会产生很大的启迪——不要纠结于局部。

局部应该蕴含在整体之中，而整体又会兼纳每一个局部。

很多时候，作画者很容易被画面中的小问题牵绊，但是最开始需要确立的是"整体"这样的大问题。就好像人生如果总是被"他不喜欢我怎么办""有人说我坏话了怎么办"这些问题困住，就会充满很多无谓的烦恼。

从这些问题中跳出来，先学会站在"整体观"中去学习，你会发现，虽然某些局部的线条不够好，但是整体看来画面不失活泼；虽然某些局部的色彩看起来不错，但是整体看来却有些过于跳跃。站在更大的"整体观"中去思维，去看问题，你会发现，虽然有人不喜欢你，但是也有很多人喜欢你；虽然这门学科做得不错，但是其实需要进步的空间还是很大。很多原来觉得是问题的问题不再是问题，很多不觉得是问题的部分可能却需要调整。

这是一种作画的格局，也是一种思维的格局。学习者应该进入学习的格局，才能在学习的过程中，不被无谓的问题消耗，才能少去很多纠结、困顿和烦恼，才能真正使得学习成为享受和快乐的事。通过"整体观"的思维锻炼，对人生也会产生很大的启迪，可以帮助我们站在更大的时间和空间，不被当下的挫折困住。

　　学习的结果当然很重要，但是人生的每一个过程也很重要。含苞、绽放、凋落，每个阶段都应该把生命活成一幅画，作画的每一个过程里，要让画拥有生命，就要带着心清脑明的状态去作画，让你的画在任何时候停下来都是一幅画。

忠于自我，
是唯一的评价标准

老是觉得自己不够好，似乎成了我们的一种内在模式。

似乎不表扬，就不会得意忘形，就会更加埋头追求进步。所以我们都是"表扬"匮乏的孩子。而事实是，更多时候，我们因为觉得自己做不好，索性就不开始了。

是啊，防止犯错，防止批评的最好方式就是不做。什么也不做，就不必被评价了。

成年了还渴望画画，我想我们已经不再是为了文凭而学习，为了就业而学习，为了取悦父母和老师而学习，这个年纪还愿意沉淀在一个爱好里并追求进步，我想我们内心渴望的是做一件事情取悦自己、完善自身。

我听过很多人说"我好想画画啊，但是等以后吧"，这个以后，最终也迟迟没有开始。拦住我们的，并不是"以后"，而是评价。

担心"画不好会被人取笑""我这个年纪还画成这样""我什么

都画不像",这些声音是从哪里来呢?它不是从外面来,它是从你自己的内心里来。这不是别人对你的评价,这是你对自己的评价。

放下他人评价,首先要放下对自我的评判。不要让这个世界哄自己开心,要自己让自己开心起来。更何况,画从来无法用"好与坏"和"像不像"来评判,如果绘画有一个评价标准,那它仅有且只有一个标准便是——忠于自我。

忠于自我,才能找到自己的学习节奏和作画节奏,才不会盲目评判自己,跟周围人比较、盲目求结果反而会失去画画最初的意义。

绘画的意义是感受,放开自己去观察、去体验、去融入其中,要有一种"无目的心"的初衷。有目的的想法是积极的,因为做事就要做得像个样子,但被目的心干扰和牵制,反而无法放松下来找到最好的感觉。就好像走在沙滩上,我们的第一感觉是用脚去感受沙的触感、风的拂动,还是第一反应是拿出相机拍照秀朋友圈。这两种行为带来的心理感受是完全不同的,第一种是以自己的感官为感受,第二种是以别人的评价为感受。

绘画的效果是必须有自己的真情实感,将感觉融汇于画面,有感而发的笔触才会动人,所以于绘画而言,也恰恰是忠于自我的无为之心,反而能抵达有为之地。

有的树春天开花,有的树夏天开花,有的树秋天开花,有的树冬天才开花。正是因为植物们各自有着自己的节奏,顺时而生,世界才会如此美妙。而绘画就是如此,忠于自我,顺从本心。

我从那世俗中来，
还将回那俗世中去

我在我们家是个特别的孩子。"特别"在于，我总是喜欢捡一些"无用"的垃圾回来：脏石头、枯树枝、烂树叶……有一天放学回家的路上，我被一棵杂草吸引，它因为被车轮和鞋底碾压，长得歪歪扭扭，但是那弯曲的形状特别美，我用手把它从土里刨了出来，小心翼翼地捧回了家。我找了一个小瓶子，把它置在其中，放在了堂屋的桌子上安置好，然后像欣赏一件郑重的作品一样，看了又看，满意极了。

然而一切等我父亲一回家就结束了，他一进屋看见这株杂草就拿起来丢出了门去，并说了一声："什么乱七八糟的。"

我很奇怪，难道你看不见美吗？

当我看着一根枯枝，我很想对世界说："你看，它多么美！"然而同桌却笑指着我对旁人说："她疯了！"

我很奇怪，难道你看不见美吗？

很多时候，我都想对这个世界说："你看，它多么美！"

然而，后来我知道了，有许多的美，有很多人是看不见的。

每当我看着这些"美"，总有一种被这些美托出生活的水面的感觉。对"美"的渴望，是我精神里不可抹杀的求生欲。我慢慢知道只是说是没有用的，当我开始画画，我发现我不必说。那棵不被注意的枯草，那朵随处可见的小花，我只是诚实地将它们呈现，人们就会看着它们说："哇！它们真美啊！"

美应该是被感知的，而不是被说明的，不是吗？美应该是生活随处可得，而不是在他乡在远方的，不是吗？

我想要传递更多被感知的美，我想要引人发现生活中随处可得的美。然而我的师兄却泼了我一头凉水：这真是愚蠢，你说的美是艺术。艺术就是俗人所不懂的东西，如果走进世俗之中，那就不是艺术了。

俗人，那不懂的俗人不也包括我的父亲和母亲吗？我不也正是俗人所生？

我在课堂里，一遍一遍地对这个世界讲我所看见的美，渐渐地，有人告诉我真的没有两片一模一样的叶子，有人告诉我这辈子第一次这么长久地去看一朵花，有人告诉我从来没有发现家里有那么多美的细微角落。

我在课堂上见过不止一个人的眼泪，通过绘画我们那些无法言说的话得以表达，通过绘画我们重新与过去的自己相逢，通过绘画我们有了更多的相信、更多的欣赏、更多的爱。对美的感受把我们从生活厚厚的尘土中托起来透一口气。

  而我，一遍遍地通过课堂讲着我所看见的美，其实是为了完成我当年对父亲很想说而没有说出的那句话："你看，它多么美！"

  我正是从那世俗中来，我热爱的美也是从那尘土中来，你叫我怎样远离呢。我看见这许多的美，我感受这许多的美，不是为了让我与世俗割裂，划分出清晰的界限。对美的感知，是我不断生长的生活能力，是为了让我更好地回到那世俗中去，是为了让我更好地去过那俗世的生活。

生活不易，敬之以美

12年前，我给杨飞云先生当模特的时候，翻着他的画册，我突然问他："杨老师，你怎么画的都是一些美女啊？"

我的老师坐在一旁拼命地挤眼睛，暗示我这话太不敬了，怎么能这么跟大师说话呢。

老先生一点也没介意，他很是认真地答道："我们那代人过得太苦了，我不想再把目光投向那些悲啊苦啊，我就想画些美的东西。"

这句真诚的回答当时就惊到了我，以至于过了许多年他当时说这句话的语气语调都依然清晰。

周末我带着学员们在明月村写生，不少都是拖家带口地来，平日里只是看到她们在课堂里享受画画的美好一刻，这一下却尽显每个人在生活中的另一面。不仅要完成写生课程的学习，还要兼顾安顿老人、丈夫和孩子。

周末对于我们这些人来说都是特别珍惜的时光。两天的时间里，看着大家把日子掰成八瓣儿，分一份给父母，分一份给孩子，分一份给老公，分一份给自己，而这不过是大家日复一日的平常。每一天都如此，不是吗？

可就在这种生活千头万绪的背景下，绘画这件小事却在其中显得分外动容了起来。老公们大概很难得见到妻子画画的一刻，他们带着孩子在绿地里玩耍，孩子时不时来看看妈妈，毫不吝惜地夸着自己的妈妈："画得真棒！"

妈妈在面对着景色时，看着自己的孩子跳跃在其中，笔触也不由地温柔了起来。静静地看着这些女人们，会觉得她们每个人都像一个诗人，把那些忙碌劳累的日子揉在一起过成了诗。

生存，是个多么不容易的事啊。"不要生存，而要生活"，说起来轻巧，可实际上仅仅是生存着，就足够沉甸甸了。

我们不应该小瞧生存这件事，虽然它不堪又疲累，但还是应该敬之以美。

哪怕一点点美，就足以让我们面对生活的许多疲累。这对美的一点点追求，便像一杯美酒，是我们敬这烦琐日常的一杯。

周末出行拖家带口，在最后每个人都略显疲态，但大家还是甘之如饴，每个人的脸上还泛着滋润的光泽。

"真想一直这样坐下去啊。"大家一边画着画,一边喝着茶,对这一切依依不舍。

是啊,真想一直这样坐下去啊。

坐在这里,丽日清风,碧空青松。坐在这自然里,孩子们在沙地和竹林间自在玩耍,男人们在竹屋里喝茶聊天,女人们在水边林间闲谈画画,自得其乐,各得其所。

给生活敬一杯"美"的酒,给心吃一碗"美"的饭,然后又可以扬起微笑投向那百味交融的日子。

活着不易,所以我们要敬之以美。

因为那么累,所以要有美;因为有了美,累也更有滋有味。

"会"不重要，
"爱"才比较重要

早就有朋友对我说，给星宝办个画展吧。可是我一直有点顾虑，这个顾虑是，我怕以后大家见到星宝，就只会跟他说："嘿！星宝，听说你好会画画啊。"

事实上，现在就时常如此。

叔叔阿姨们善意地渴望和星宝交流："你好会画画，来画个飞机看看吧。"但是作为一个母亲，我在回以微笑的同时也看到了我年幼的儿子眼中的不情愿和不安。

我想到了自己年幼的时候，我的父母和长辈也是这么谈论着，并说着这孩子长大肯定要当个大画家吧，当时一向"听话"的我一反常态对着一桌大人喊道："不！我不当画家！"

当时我无法理解自己，我不明白我为什么会突然喊叫，我不明白我为什么会突然让父母难堪，我不明白我为什么为了抗拒他人而背离自己的心。但是我只知道一点，画画那件由心而发的事，忽然一下子变成了一件只是做给别人看的事。这点认知让我觉得特别难受。

所以，在给星宝做画展这件事上，我特别谨慎。我不想把那个自由自在地为自己的内心而画的孩子，拉进一个圈起的舞台为他人的目光而画。我想，我的孩子跟我一样，不需要为了表扬而画，不需要为了羡慕而画。

很多人开始问我：你怎么教星宝画画的呀？

可是我真的没有教过他，而是他的热爱教会了他。或者说，我从头到尾都没有在乎过他是不是"会"画画这个问题，我觉得他是不是"爱"画画反而比较重要。

如果说我真的做了什么，我只是帮他"爱"他所爱而已。

若说我懂得什么特别的秘诀，我只是懂得一点：不太隆重才能进入生活，不必刻意才能持久。

对于星宝来说，对于我来说，或者对一个普通人来说。画画，就应该是这么一件平常的事情。它是生活的一部分，就像饭后休息的时候剪一剪指甲，把沙发的垫子掸一掸灰，就像出门去晒一晒太阳，看到路边的泡桐开出了花。

孩子只画他们热爱的东西，只画他们想说出来的话。孩子的画，就是他们的话，他们的爱。当你只是看他画得好不好，看他会不会时，你有没有静下来听听孩子的画呢？孩子的画，就是他的爱。

孩子"会不会"并不重要，孩子"爱不爱"才比较重要。

"美"最好的回馈，
就是爱

成都的冬天阴霾得让人抑郁，今天好容易丽日天清，却一直在室内忙着。一回到家我又开始在屋里拾拾掇掇，星宝跑到露台上，哗啦一下把门一扇一扇打开。

"你干吗呢？"我朝门外喊道。

"这么美的阳光，要打开门让阳光进来。"星宝说道。

被他这么一说，我抬头看见亮亮的夕阳正穿透屋子，金黄金黄。是啊，真是难得的冬日夕阳呢。于是我停下来，坐在沙发上，看着星宝搬着凳子坐在斜阳照见的桌子上画画。

星宝四岁时办过一次画展，那之后很多人觉得，星宝小小年纪这么会画画，应该每年办一次吧。可那以后我再也没给他办过了。

因为我一直希望星宝不必背负"妈妈很会画画，你也一定很会画画"这样的包袱。

星宝画画与我不同，他不喜欢使用色彩，他更喜欢使用线条。绘画对于幼小的他来说，就是语言和思维的延伸，随着他四岁以后表达能力的增强，他对于绘画的痴热下降了很多。如果仅从表象上来看，一个痴狂热爱画画的孩子热情下降了，真是可惜啊，为什么不好好培养呢？

事实上，画画只是一个表象。

妈妈画画这件事，对孩子来说，它的结果并不一定是孩子也要爱画画。而是妈妈对"美"的感受会在孩子的身上结出"爱"，孩子会因此对生活产生丰富的感受，善于发现美，善于感受爱。我们的感受通过"美"的觉知而得以传递，就像星宝拉开门让阳光进来，"爱"在这一刻就在空气中流动起来。

"美"与"爱"是一脉相承的。"美"无法教导，它只能融入我们的生活，再生长出来。画画，只是"美"的一种形式而已。这"美"的直接成果可能并不是：哇！我的孩子好会画画啊！

星宝在善用语言以后，经常会说出许多温暖人心的话，做出许多细腻入微的行为。在星宝身上，我看到"美"最好的回馈，就是爱，他对于爱的感受，爱的觉知，爱的表达。

我们缺少的并不是技能的传授、观念的训导，我们断层的是从内在生发的审美。画画最重要的意义，并不是建立什么成效，而是让我们拥有一种深层的审美——对生活有热情，对生命有热爱，对美有觉知，对爱有感受。孩子被这样的"美"润泽着，自然会生长出灵气。

教育本身是空洞的，
只有爱才赋予它意义

一直以来很多人都对我的课堂有一个误解，他们会跟我说："我就喜欢你这样不重技术的老师，喜欢你的这种不讲技巧的课堂。"

其实看我的画就可以看得出来，我是很重视基本功的，而我自己每年都会反复练习基本功。基本功虽然是基础，但是我不会对新学员强调这方面的练习。这貌似很矛盾，为什么看重，却不强调呢？

其实恰恰因为我非常重视基本功。

基本功要扎实，一定会经历一个比较"苦"的过程，这个过程非常枯燥，且没有捷径，也非一日之功。我希望来学习的人并不是浅尝辄止，而是能够长久深入，因而这个"苦"的过程，我会希望伴随着"爱"而来，才能吃苦如甘。

就如同非常在意的一段关系，会特别在乎其中有没有"爱"一样。

学员浅尝辄止，如流水一般过，对老师来说，未必不是好事，备好一份课程，便可以重复地讲一遍一遍，只是需要把时间和精力花在吃喝上，做好招生的功夫。只是做重复的事对我来说却是很困难的，这让我觉得累。

我倒是喜欢花许多功夫在学员的心态上，慢慢唤醒热爱，不需要教授太多的人。不仅仅是老师与学生的关系，而是师徒的关系，除了教学，更要有许多潜移默化的功夫。

当学生真正拥有内在的热爱了，学习才会开始。就好像父母与孩子最重要的不是"教育"，而是"亲密关系"。"教育"本身是空洞的，只有"爱"才会赋予教育意义。

只有学生心中热爱，才能对日复一日枯燥乏味的练习甘之如饴，老师的传授才会落到实处。

对于初学者来说，工具和手头的准备倒不是难事，两三日就可以齐全，而心里的准备却不是那么容易。我们需要清理很多的杂念，需要扫除很多的尘埃，才能静得下来，沉得下来。

正是因为急不来，心性的配合才更加重要。

绘画的技巧和功夫，是阳光是雨露，是"术"；绘画的心态和理解，是时间是季节，是"道"。"术"的练习，非一日之功，而"道"的领悟，更需潜移默化。

越是着重越要放轻，越是紧要越要放缓，这便是基本功中的道理。

孩子，你的自信是你的，
不是我让给你的

星宝最近靠自己赚了人生第一笔零花钱——15元，他画出的第一本漫画卖给了我。

在买他的这本漫画之前，我提出了两个要求：1.不是你画完了我就会买，不是我是你妈妈我就会买，虽然我会支持你；2.草稿我不要，我要买作品，画面我没要求，但是态度得郑重，不能太随意。

这本漫画叫《父与子的岛上生活》，画的是父亲和儿子在小岛上发生的各种趣事。对我这个没什么喜剧细胞的妈妈来说完全是各种无厘头，但其中充满了屎尿屁味道的各种大开脑洞还是让我欣喜地埋了单。更重要的是，我是为他每天回家扔下书包就埋头"创作"的热血埋了单。

距离他上一次这么热血地投入画画这件事，中间已经中断了两年。

星宝四岁时做过一次小小的个人画展。在那一次画展之前我写了一篇文字《请不要对我的孩子说你好会画画啊》，不希望因为这个画展，使得画画成为架在他身上的一个包袱。

果然，星宝在五岁以后渐渐不怎么画画了。

有些喜欢看星宝的画的人会问我："星宝最近画了什么画啊？"我会简洁地回答："星宝最近都没有画画。"

有时也会被再问一句："他怎么现在不画画了呢？"

星宝为什么不画画了，对我不是个问题，所以我没有追索星宝为什么不画画了，我无法就此讲更多。我知道，这么问是觉得曾经办过画展的孩子，再不画画了，很可惜啊。甚至身为一个画画的母亲，怎么能眼睁睁看着孩子浪费掉呢。

我只得如实回答："我觉得星宝可以不画画啊。"

我是个会画画的妈妈，但我的儿子不一定会画画。他会有他自己的人生，他可以画画，也可以不画画。我接受星宝画画的那一天，就同时接受星宝会有不画画的那一天。当然，我希望他能够有一个爱好，并为此倾注一生。

如何养成一个爱好，得了解学习的规律，知道一个爱好的养成会经历哪些阶段，就如同了解成长的规律。知道孩子到了学龄会掉牙换牙，就会在这一天到来时，不会慌张焦虑：为什么掉牙了呢？长了那么多年的牙，投入了那么多营养，就这么掉了，太可惜了！孩子们都掉牙，该怎么纠正呢？

我们不会在孩子掉牙时慌张，反而会淡定地跟孩子说"没关系，不管它"。牙齿会掉,虽然我们不知道为什么,但是我们知道:孩子大了,换乳牙了,这是成长必经之路。

我知道星宝不画画了,肯定有原因,作为母亲,知道不知道那背后的原因是什么,我觉得不重要,重要的是我是否接受他可以不按我的想法成长,我是否接纳他可以按他自己的节奏成长,我是否接受成长是一个漫长的过程,并且其中充满变数。

幼儿时期的爱好,与青少年时期的爱好,与成年时期的爱好,这背后的需求肯定是不同的。我想,一定是过去画画的状态已经不足以满足他。我的孩子长大了,他有了更多的需求。

在星宝五岁的时候,我知道了他为什么不画画的原因。

那天我在画画,我的朋友在一旁与星宝聊天,聊到画画这件事,星宝说:我没有妈妈画得好。

我已经对此有所感觉,自从星宝在幼儿园的绘画课里学会了画大公鸡,我就发现他画得越来越少了。我知道他被一个评价体系影响了,他知道了什么是"画得像"。所以,他慢慢发现我画得很"好",而他画得没有我"好"。

我没有"纠正"他,也没有去"纠正"在他心中那个产生影响的体系。我也受过这个评价体系的影响,它不完全是坏的。成长必经许多弯折,车轮要前进,会经过许多左右的摇摆,才会找到平衡。

"妈妈,你画得好好啊。"有一天我在画画时,星宝在我旁边轻叹着说。

"你画得也很好啊。"我有心听着,随口说着。

"真的吗?我觉得我画得没有你好。"

"嗯……只能说我会画的,我比你画得好;但是你会画的,你也比我画得好啊。"

"我是你的儿子嘛,所以我怎样你都会觉得我很棒。"星宝这么说着,我笑了。事实是如此啊,我摸了摸星宝的头。

孩子,你不一定要很会画画,但希望会画画的妈妈不会成为你的包袱。我在心里默默说。

而且,我的孩子,我希望通过这个时间让你懂得,画不画画、画得好不好都没关系。我希望你可以看到,对于一件事可以有不同的见解,不同的评价,我们可以看见不同的体系,建立不同的秩序,看到这些,会让你感到一些混沌。但经历混沌是必须的,在混沌里会产生新的秩序,属于你的秩序。你要因你的意愿去做一件事,因为你要成为它的主人。

星宝慢慢拿起笔,看我画花,也在一旁悄悄儿学模学样地画。当然画得不足够有底气。好多育儿指导上说,带孩子画画不要画得比孩子好,否则会降低孩子的自信。可是,星宝,妈妈不想迁就你而故意让分。你在我的一旁轻声说道:"妈妈,你画的花好漂亮啊,我画的就没有你好看。"

"每个人画自己喜欢的才会画得好啊。因为我喜欢花,所以我可以把它们画好看啊。"我对着你说道,"就像你喜欢飞机,所以你画的飞机就比我画的好。"

"我的飞机画得好,你的花画得好。每个人的厉害是不一样的。"

"是啊。"我看着你。我的星宝开始有信心了,这个自信是你自己找到的,不是我让给你的。

直到星宝最近画了一本漫画。

"妈妈,其实没有人一开始做一件事情就做得好的。"

"嗯。"

"比如你画画,也是画了十几年才画得这么好,也不是一开始就画得这么好的。所以任何一件事都起码要做十几年才会做得好。"

"嗯,是哦。"

"所以我现在画成这样已经不错了,而且你肯定不会画恐龙吧。"

"是啊,所以你比我厉害啊。我只会画花,而你会画汽车、火车、飞机,还有恐龙。"

"那你想学我这种画吗?"

"不啊,我只想画我想画的,每个人画自己想画的,就很厉害了。"

"所以你也不会画《父与子的岛上生活》,但是我就很会画这个,我打算画第二本,叫《父与子的森林生活》。不过第二本我就要涨价了,因为我会画得更好了。"

我的孩子，你通过这本漫画赚取了你人生中第一笔收入。很值得纪念，但更棒的纪念是，你有了属于你自己的方向。虽然这个方向只是一个暂时的点，但从它开始，你信任你自己的感受，并确定自己的力量。

这两年，没有画画，一点也没有白费。

爱好并不是结果，爱好是一条路，我们通过把自己的热情安放在一件事上来逐步建立自己内心的秩序，并经过这个秩序掌握内在驱动和外部价值的平衡。亲爱的孩子，通过一项热爱去确定你自己是谁，这才是你一生的课题，而不仅仅是成为一个会做什么的人。

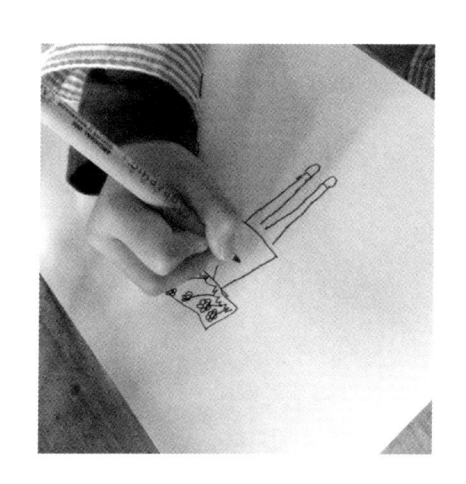

你的缺点
就是你的个性所在

经常会遇到学生跟我说：“请老师指出我有哪些不足？”并问我："该如何改掉我的这个缺点呢？"

甚至有一个同学连着上了三次课，每次交作业都没有听到我指出她的毛病，她有些按捺不住着急地问：“老师，你能不能指出我哪儿画得不好，你为什么老是表扬我，而不批评我呢？”

我看着她说：“你是不是很少听到表扬，所以听不到批评反而心里没底了。"

她怔了一下，恍有所悟地说：“是啊。”

就是这样，画面中的问题并不是最重要的问题，最重要的问题是——我们根本不相信我们做得好。

很多时候我会看见许多迫于解决画面中问题的人,就如同许多迫于解决生活中问题的人。我们总是给自己暗示:只要我不断修正自己的缺点,我就会越来越让人满意了,只要我把这个问题解决了,明天就会好起来了。

一次一次,好像总是事与愿违。最后忍不住想:为什么我改了这么多,为什么我做了这么多,一切还是不尽如人意。

为什么会这样?

明明那么进取地开始,结果却那么委屈。

当我们想"只要我修正所有的缺点,解决所有的问题"时,其实我们在想"我根本不可能做得好"。如果标准是满足别

054//

人，满足社会准则，怎么可能做得好呢？缺点和问题永远都会有。

亲爱的，学习不是为了修剪自己缺点，你的缺点背后就是你的优点。一张没有问题的画一定是保守的，一个没有缺点的人一定是平庸的。你特别容易犯的问题，正是你的特性之所在。不需要修正你的问题，以契合某个标准。嘿！你一辈子都在做这件吃力不讨好的事，还没做够吗？画画是我们人生的出口，不是陷入又一个死循环。你学画不就是想来一股力量把你拉出沉闷的生活？你学画不就是希望画的灵性能够给予你一些启示？

给自己力量，跳出这种无尽深陷的循环吧。

"如果画面中有问题，把问题放在那儿就好了。"所以我有时是个奇怪的老师，对于画的问题我会这么告诉你。

画画不是我们的目的，画画是我们的镜子。

最重要的学习并不是改掉缺点，而是把缺点放在那儿。

请把你的缺点都放到画里来，你的纠结，你的矛盾，你的狂躁，你的懒散，你的出格，你的傲慢，你的不屑一顾，你的强迫症……这些不被人世欢迎的缺点，恰恰是艺术的活泉之所在。

你的缺点就是你的个性所在。

有时候人们会问我，这张画中的精彩一笔是怎么来的。

我说："噢，那是一个错误，不过我没有管它，现在看起来还不错吧。"

找一个美好的角落
容纳你所有的不堪

这一年因为星贝的到来，多少是疏忽了星宝的。

每天他放学一回家，就是一阵忙乱的时间，一家子老小要吃饭，饭上桌娃下地，吃完了饭收拾烧水，轮番地洗，鸡飞狗跳两小时很快就过去。等我带着星贝进屋子，星宝拉着爸爸下一局棋，一天总算是落地了。

有时觉得心疼星宝，在这两个小时里，他得学会安顿好自己。自己做作业，自己玩儿，自己画画。

好庆幸，他有画画。

他一画画，就好像有了结界，他也不惹事，我们也不扰他。他就在他自己的世界里，畅快。他画完了，就会拿给我看。看，大鲨鱼；看，父与子的屎尿屁故事；看，超级巨龙。

他会画得哈哈大笑。

我看着他，会觉得安慰。

亲爱的孩子，因为弟弟的到来，还是有落寞吧，还是有孤单吧。我在你的画里看到"负"能量，真好，把你不能甩给这个世界看的冲突矛盾都放在画里吧。

还好有画画安慰你。

人生总会这样的，谁也不会一直陪着你，象棋需要找个对手，篮球需要找个队友，可是画画这件事，有自己就足够。以后人生还会更难的，你还会有更孤独更寂寞的时刻，甚至那些时刻我都看不见也无法知晓，我希望有一个爱好可以陪着你，好把你的心安放。

曾经有父母问我：为什么我的儿子总是画一些阴暗暴力的东西，总是画怪兽，画机器人，为什么不画鲜花、太阳、小鸟，这些阳光的东西呢？

我答他们：如果我的儿子画蝴蝶结、鲜花这些，可能我会更担心一点吧。

这个世界需要你表现正确阳光的地方还不够多吗？在画画这件事上，就算了吧。

我的孩子，你不必画什么了不起的东西，不必画什么伟大光荣正义，画画不是通往正确的教导，画画是给予安慰的拥抱。

我知道你已经逐渐开始懂得什么是讨人喜欢，什么会被人称赞。不得不说，妈妈也享受你的善解人意和懂事。但我的孩子，同时我也

心疼你，因为你会逐渐发现，不管你怎么努力，你被这个世界认可的只是一半，就像阳光永远只照亮你一半的躯体。你要活成一个丰富而鲜明的生命，你还需要安放那阴暗的另一半。

我们每个人都会有的愤怒、偏执、不甘心、不服气，我们每个人都有个不想懂事的角落，不想正确的角落，不想正义的角落，只要稍有显露就被会批评、教训、打压的角落。你成为一个完全的人所必经的角落，你得找个美好的地方容纳你所有的不堪。让自己不被阳光照耀的另一半躯体也被拥抱，让自己不被接纳的另一半心灵得到安慰。

坦白说，那是妈妈都并不能完全接纳的角落，我并不能接纳你的全部。

是的，我只是一个真实而局限的妈妈。我清楚知道这些。我只能把你引向某一个路口，然后看你向前走去，走向更大的怀抱。

还好有画画。

你可以把你不被阳光照耀的落寞给它，不被世界拥抱的愤怒给它。这个世界有更大的拥抱，比妈妈的拥抱更大。这个世界有更宽厚的接受，比妈妈的接受更深。

我懂得这些，因为我也是被画画拥抱的孩子。

我在画里沸腾，我在画里燃烧。我的呐喊在画里，我的愤怒在画里，我的偏执在画里，我的疯狂在画里。所有这个世界不接纳的，所有这个世界对我说的"你不该这么说""你不该这么做""你不该这么想"都在画里。

星贝出生以后，星宝一直都很懂事。呵护弟弟，疼爱弟弟。可是星宝，还是会有落寞吧，还是会有孤单吧。

你不说，也不用说，画画是安全的。

你把懂事和贴心给我，希望我也有懂得和贴心给你。

060//

11061

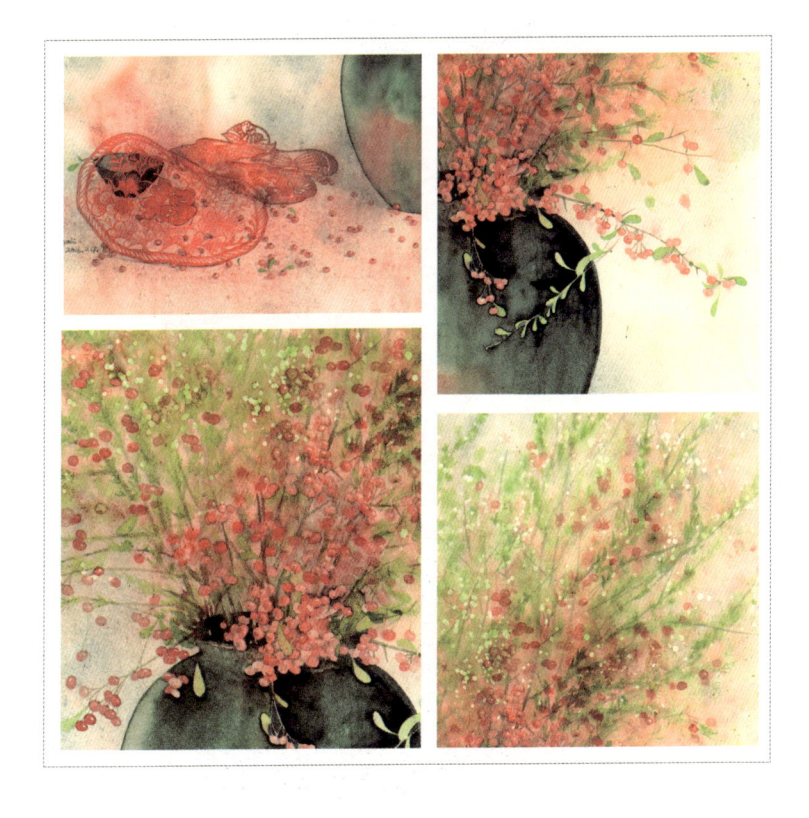

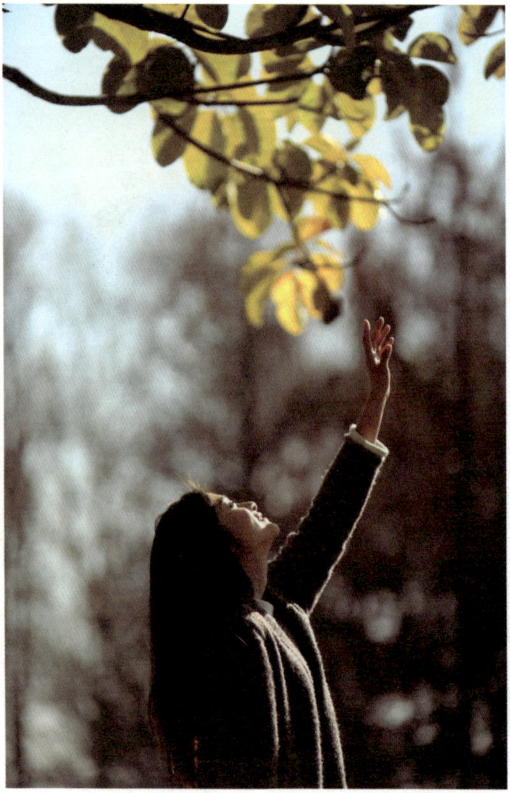

Part 2 / 看见生活的光，
并迎着它去

    2016年春天生了星贝，完成了二十四节气的系列画，文中的画从夏到冬，越明媚的天气越清淡如水，越阴霾的日子越明艳似火。以手抵心，生活，就是如此了。

    不想和这个世界交谈，不想和这个世界议论，不想和这个世界辩驳。

    忠于自己的内心，把自己沉淀在朴素的细节里，用我的认真专注致敬生活的微光。

见喜悦的人，
说开心的事

年轻的时候很喜欢抄诗，高考前那么紧张的日子，我还抄完了三本诗。有一句话说"诗歌90%都是灰的"，可在青春的时候，真正是"少年不知愁滋味，为赋新词强说愁"，那时候觉得酸涩的事，如今想来不自觉会笑，那时候觉得过不去的事，如今想都想不起来了。为春风叹为流水愁的青春啊，哪是什么灰色，正是人一生中最清澈明媚的日子。

倒是年龄增长，失落经历得越来越多，荒唐经历得越来越多，唏嘘越多，无言越多，反倒越喜欢看着温暖处，越喜欢说些开心事。

最近总想到杨飞云老师当年给我画像时的我问他答。我翻看杨老师的画册，问他："老师，你为什么都喜欢画些美女呢？"这话刚一出口，坐在一旁的老师便使劲儿朝我挤眼睛，我这才自觉这话问得多不合适呢。

杨老师倒是没有介意，停了手头的笔，很认真地沉思了片刻，然后回答我说："因为我们那个年代的人啊，吃了太多苦，我啊就不想再

11065

画些苦的,我就想着美的,画些美的。"

他答得那么诚恳,倒显得我问得轻薄了。

想想当年我们这些年轻的孩子,总试图在作品里表达沉重悲苦的主题,向往"相顾无言,唯有泪千行"的伤郁,尊崇"长风破浪会有时,直挂云帆济沧海"的悲愤,好似那样会显得我们更有深度。

浸泡在青春中的我们总以为,美好温暖快乐这样的词是轻的,不像悲伤忧郁痛苦这样的词那样深沉。但其实没有历练的人生,悲愁叠复再多也是薄的,而生活的得失越来越多以后,快活这样好像随手可得的轻快字眼,居然渐渐也有了力道。

是因为终于懂得,其实随手可得的人间快活,最是不易吧。

人生终究是一个不断失去的过程,失去青春,失去健康,失去随便穿衣的自由,失去怎么吃都没问题的自由,失去再怎么熬夜照样精神的自由……什么是快活啊,意识不到的东西才叫快活啊。

就像牙齿,当你意识到它的存在时,你就不痛快了。

快活啊,当你不经意时,它就在那里啊。

我越来越爱收集这些小快活。不是因为我的生活真的那么快活,恰恰是因为我知道快活其实就像繁星点点,是漫长人生闪烁的小小温存,该用心,该珍视。

带两个男娃真的很累的我,必须创造一个"娃儿很乖"的平行世界,平衡现实,让充满屎尿屁的生活开出一朵小花来。

谁都不容易,让我们见喜悦的人,说开心的事。

天有太阳,我有哥哥。人生很短,我有你们。

你看我是谁，
我就是谁

最近这半年更新很缓慢，因为我们历经有史以来最冗长的冬天。噢，我没有任何意有所指，我说的冬天不是什么别的，正是成都从去年11月绵延到现在还没转暖放晴的冬天。在这5个月的时间里，平均每半个月才出一天的太阳，我这个属植物的人，几乎每天都在忍耐。

在长长阴霾的冬日里，我的心也走进一段幽暗的路程。

看到书上说，我们内心扭曲的部分是一种自我保护的机制。那些我们在幼年时难以承受和面对的，我们会用扭曲心灵的方式把伤害包裹起来，直到有一天我们有能力去面对它，扭曲的部分才会得以舒展。

我好像在走一段幽黑的路，但是我知道我在走一条光明的路。那是因为我在逐渐变得强大，所以我过去不愿面对的部分正在向我袭来。

这一年，向外传递的部分越来越少了。其实我们在言谈中讲述的，我们在网络中呈现的，都是传递着我们理解的"我"。我们是那么执着传递我们怎么理解"我"，执着他人如何定义"我"。

068//

我们常以为他人看"我"和我们自己看"我"并没有什么差别，而事实上，我们对"我"的认知要走过很多幽径，经过许多碰撞，才能触摸到"我"到底是谁。

人是不可能脱离他人活着的，而我们自己眼中的"我"也一定和他人眼中的"我"有偏差，我们在人群中所做的许多行为无非都是为了说明我们自己眼中的"我"，矫正他人眼中的"我"，但大部分痛苦也来源于此，和人群和解的方式其实就是转过身来正视自己。

太执着于他人眼中的"我"，会妄自菲薄，会被他人寄予的想象负累。太过于看重自己眼中的"我"，会玻璃心，会容易被自己的幻象所伤。

不与自己较劲，也不与他人眼中的自己较劲，我想，能够同时看见自己心中的"我"和他人眼中的"我"，看见这之间的同与不同，或许是一种获得快活的方式。

因为很坚定于自己心中的"我"，即使是他人眼中的"我"也不能扰乱这份对自己的信任，因而对于他人眼中的"我"也能够接纳。

就像水彩中的水，可以接纳任何的颜色与之相融，也可以推动颜色去任何的地方。有了对自己足够的笃定和信任，才会不给自己设限，不论去向哪里，都可以满怀喜悦地看到自己的诸多可能性。

070//

如果觉得苦，
那苦就是你的功课

曾经带着很多人一起画画的日子，让我在一段时间里有一个错觉——我可以帮助很多人。我可以带给别人热爱，我可以帮别人解决困顿，我感到自己有很多能量，可以提供给很多人。

然而事实是，我帮助不了任何人。

这个世间许多问题都来源于自己的问题没有解决，却急于参与别人的问题。我在这个过程里感到疲惫、焦虑、无力。我看见这是一种虚幻的能量。我在逃避，我以为我在给予他人力量，而事实是我想从外面获得支撑。

我只能从我自己这里获得力量。

如果你曾在我这里感到某种力量，那力量来自于你自己。如果你从我这里获得了启示，那是你自己在帮助你自己。我叫不醒一个沉睡的人。你面对着我张开眼睛，只是因为你本来就在醒来。

我在我的局限里看见我的边界，而你也要在你的开拓里看见你的力量。我并不是帮你打开了一个新的世界，只是因为我们内心相同的部分在共振的时候，抖落了彼此的一身灰尘。

当你们对我说感谢，我只是沉默而微笑，因为你们应该感谢的不是我，你们只是透过我在感谢你们自己。

人所受的苦都是从自己那里来，所有不曾解决的问题都会不断地回来。我们总是要受苦的，如果你看清这一点，并决定迎着那苦而去，你会感到许多艰难，但这艰难一定是值得的。

努力地向上游去，清晰地看着那汩汩的源头，我们的痛苦和力量，我们的喜悦和爱，都在那里。我们从同一处来，散落到各处去。

如果你觉得苦，那苦就是你的功课，在提醒你，你是谁。是你内心里决定不再回避，你才会看见同样不曾躲藏的我。我只是你的同伴，而并不是一位引领者。

当我们从一句话获得启示，是因为那句话本身就在我们心里，只是被我们遗忘。当我们对彼此感到亲切而熟悉，是因为我们经历了遥远的相逢。

亲爱的，不要把希望放在别人身上，背负着自己的生命前行是一件足够令人疲惫的事，我们谁也承接不了太多的希望。同时，要勇敢地承受自己生命的重量，那是我们来这个世界的原因，那也是你爱自己的方式，爱会与勇气同在。

我们会在其中深深地品尝到生命的不容易，活着的不容易。好好活着很不容易，我们再也不会轻视任何地活着。是因为我们品尝了苦，我们才会对一切的甜美充满敬意；是因为我们的肩膀变得有力，我们的心才会柔软，才会对一切的疼痛深怀怜悯。

  亲爱的，在感谢别人的时候，不要忘记感谢你自己。你听见的启示，是你心深处的颤动，你得到的力量，是你敞开的胸怀。

  谢谢你，每一位经过我的你。我帮助不了你。我只能以沉默的爱祝福你。

  愿你敏感又迟缓，愿你有力又温柔，就像我对我自己祝福的那样。

记忆里那只
美味的鸡

记忆里有一只很美味的鸡。

那年过年爸爸在外地,家里只有我和妈妈,年夜里妈妈做了一只鸡,好吃得我连着惦记了好几年:"妈妈,上回的鸡好好吃啊,再做一次嘛。"

然而我再也没有吃过记忆里那只美味的鸡。

长大后才知道,那年爸爸做生意失败,我和妈妈在家吃了一年的白菜汤饭,记忆里那只美味的鸡是一年的白菜汤饭衬托出来的香。

那只美味的鸡再也不会有了。随着这缕美味的惦念,我有着一个深深的疑惑,爸爸那么懂道理的一个人,为什么做事总不成呢?

我自小接受的教育,是仁者治天下,以理服人,我所知晓的许多为人处世的道理都是爸爸教给我的。我第一次当小组长,爸爸告诉我:管理好自己,才能管别人;我交往朋友时,爸爸告诉我:这世上没有不能相处的人，只看你如何与之相处；我刚开始工作付出许多努力却没有拿到应有的报酬时，爸爸告诉我：吃亏是福。

　　爸爸说：做好我们该做的。

　　爸爸说：退一步海阔天空。

　　爸爸懂得很多道理，他做过很多事，开过小商店，做过批发商，开过加油站，但他始终没有做成一件事，以至于每年过年，总要被妈妈翻旧账地说，这个疑问伴着那只美味的鸡，成了我成长中的一个印。

　　我从未对这些正确的道理有过动摇，我相信忍辱可以求全，我相信不断调整自身去寻求与他人相处终会获得认同，在爸爸那里我看到坚持自己而让他人不开心是缺乏教养的，没有什么东西是必须坚持的，只要不制造冲突。

　　直到我做了妈妈。

　　我发现我本能地抗拒把这些正确的道理继续地传递下去，在我的孩子遇到挫折时，在我的孩子遇见冲突时，我只想闭着嘴巴。我感到自我的局限，我想我的儿子听从本心，哪怕偶尔偏颇，哪怕有时激烈，我想看看一个生命的本能会怎么做。

　　我意识到这些正确的道理只是一个幌子，它们从我们的嘴巴里讲出来，使得我们相信我们就是这样的人。但其实不是的。

　　过去我做事时，我会像爸爸教导的，倾听大家的意见，可最终发现，一味听从别人并不会求得好结果。因为我们不给出意见的本心并不是出于尊重，而是出于回避，我们在害怕承担意见导致的结果。我们期望一直站在稳妥的安全地带，我们希望一直做那个不犯错的人。

我们很轻易地退让，这退让的本心却并不是宽容，而是我们希望站在隐晦的道德制高点。这才是真正的问题，我们的成就感和我们的挫败感都掌握在别人的嘴里，所以我们需要巧妙地制造言论，我们需要巧妙地拉拢人心，我们需要别人的嘴巴来壮大自己，只是为了一次一次地求证冲突与我们无关，我们是无辜的，我们不需要承担责任，我们是如此地有道理。

我们只在乎自己是否正确，而对真正的问题退避三舍。我们所做的一切言行都只是虚张声势。这不是道理的错，而是使用道理的心出了问题。

直到这两年，我才开始重新认识我的爸爸，看见父亲之所以长成父亲的原因。

面对冲突，承担错误，人言可畏，在他的长成过程里有着我不能感同身受的重量。清澈地看见父亲是父亲，我是我，从父辈的成长烙印里走出来，那个过去一直听着他的声音成长的我，开始学着发出自己的声音。

正确并不是恒定的，每一个时代有每一个时代的正确。我不必背负上一个时代留在他们身上的烙印前进，我学习听从自我的本心，而不是听从正确，我知道这才是活在当下，真正的成长这才到来。

而一件事情它本身是有脾气的，当这个做事情的人没有脾气，没有态度，没有主心骨，这个事情也立不起来。当一个人没有确定的自我，所有的看起来正确的反思和解决之道不过只是在外围绕圈。我们害怕冲突的实质是我们不敢面对我们破碎的灵魂，回避冲突意味着不表达自己的声音，也不倾听他人的声音。我们是在冲突中得以成长的，所有看起来圆融的一切其实经不起细节，也经不起自我的审视。这大概是做一件事情对一个人最基本的考验：你能否突破人群，走向自我，听见自己的声音。

我感谢这个时代的进步，我们不必和一个宗族捆绑在一起就足以生存，我们不必和整个村落共处才有归属，我们不必等待一整年才能吃上一只鸡，所以我们可以把消耗在他人身上的时间和精力都收回来，我们可以任性地面向自己。

在我们生命里遇见的许多人，我们会像陌生人一样相处。

假如人生无法挑选

星宝爬进被子的时候,把脑袋伸出来说:"妈妈,今天我在幼儿园被老师吼了。"

我一边收拾他脱下来的衣服,一边问道:"哦,为什么呀?"

星宝缩着脑袋,贼贼地笑着说:"因为我午觉睡不着,就跟旁边的同学讲话,老师就吼了我4次,吼了他6次。"

我:"啊,这样啊。妈妈知道你在学校会被老师吼。"

小家伙有点疑惑问:"为什么啊?"

"因为妈妈小的时候在学校被老师吼过,爸爸小的时候在学校也被老师吼过。你是我们的儿子,你在学校被老师吼不是很正常嘛。"我摸摸儿子的脑袋,笑着说。

他若有所思地说:"这样啊,真的吗?你们小时候也被老师吼吗?"

我笑起来,笃定地说:"是啊!"

"蛇鼠一窝"的感觉大概很好吧，小家伙笑着，心满意足地睡了。

我在课堂上不经意地讲了这个小故事，因为我觉得还挺有趣的。但我的学员阿慧却很认真地跟我说："你用了同理心在跟孩子对话，而不是同情心。"

她跟我讲，同情心是站在局外俯视，而同理心是站在局内平视。

我听过很多的妈妈讲这种情况时都带着愤慨，谁也不希望自己的孩子受委屈。可我不是那种妈妈，在我的孩子遇到这种问题时就急切地否定"这个学校不行，我要换学校"。事实上，我当然也有过这样的念头，担心自己的孩子在面对传统教育的时候会遭遇很多的问题，但我发现越担心就使得我越发焦虑，而一旦我开始焦虑了，我的内心就会敲起警钟，虽然我不知道今天的教育将走向何方，但我知道：一个焦虑的妈妈比一个有问题的学校更可怕。

我的孩子在面对人生的问题，而我与他一样在面对人生的问题。而他在看着我，是如何面对问题。是不断地换换换，是批评否定，还是妥协放弃。

任何的选择都是有问题的选择，每个人生也都是有问题的人生。

我希望交给孩子的不是一个没有问题的人生，或者说即使我想，也知道这并不可能，因此我唯一能交给我的孩子的，是面对这个无法挑选的人生的态度。那就是：开心点，我跟你在一起呢。

希望我与你在一起，能够让你感到内心有坚实的后盾；希望我与你在一起，能够让你感到面对问题时并不孤单；希望我与你在一起，能够让你感到内心温暖光明。

问题永远解决不完，解决不了的问题，就把它轻轻放下，我们还是要每一天每一夜开心地过。问题解不解决得了是一回事，我们怎样去面对问题是一回事。或许，我们的态度本身已经化解了问题。

我不能为我的孩子挑选一个没有问题的教育，但是至少我可以给我的孩子带去一个没有问题的妈妈。

有人问我，如何成为一个这样内心笃定的妈妈。可事实上，我不是因为作为一个妈妈才这样，我面对自己的人生也是如此。其实，我们对待孩子的态度，就是我们对待自己人生的态度。

我也时常会在内心设想，假如人生无法挑选。即使表面上看起来我的人生是有很多选择的。

比如最不被人理解的是，你怎么可以谈一次恋爱就结婚了呢？那么漫长的岁月里，你就没有想过挑选吗？你一定遇到过很多选项吧？在这许多年里，我无数次面对这个问题，都不知如何作答。

因为在我看来，人生最大的问题不是没得选，而是选择太多。当我没得选的时候，我反而会安下心来去面对我眼前的一切，勇于面对，微笑承担，而不是去想要更换、责怪或者放弃。相比有得选的衡量、游移，我更喜欢没得选的笃定、坦然，所以我宁愿相信人生其实是没得选的。

"有人觉得你狼狈吗？"

上周二发烧38.5°，担心影响周三周四的课，老老实实躺床上捂了一天，退了烧，连着上完两天课。嗬！周四下午回家高烧到39.8°，直接在床上躺了三天，烧了三天。

刚一精神点，半画课堂又推送了今年最后一期水彩课的招生。

耳边突然响起菲朵夏天一边逗着星贝一边问我的话："有人觉得你狼狈吗？"

"不知道，但一定有人这么觉得的。"

"是啊，那你为什么这么努力呢？你干吗这么拼呢？为什么你又要上课又要带孩子？为什么要把自己搞得这么累呢？你说你长得那么好看，干吗不当个少奶奶享福呢？每天逛逛街，喝喝茶。你就那么缺钱吗？你就那么缺工作吗？你为什么要把自己搞得这么可怜呢？"

这一长串的问题丢过来后，我问菲朵："你以前背着小子曰拍照，一定也有人这么问你吧？"

"是啊，有的客人会觉得这样很棒，但也有的客人会觉得我这样太可怜了。她们不明白我为什么要把自己搞得这么可怜。"

"我觉得那样的你很棒，我也觉得现在的我很棒。虽然难免有人会觉得我看起来狼狈，但我觉得我从来没有一个时刻像现在这样的有尊严。因为这种有尊严的感觉太好了，所以我愿意为此付出辛劳和努力。"

这是夏天我和菲朵在洱海边的对话。那时我刚结束在大理的一期课程，中间休息两天，下一期课程又要开始。这次行程我和我老公带着六岁的星宝加五个多月的星贝，以及一位助理。

关于家庭安排，关于孩子养育，我把它们视为家庭隐私，我既不喜欢给予他人建议也不喜欢听他人建议。在我的理解里，我们家谁带孩子，怎么安排带孩子，就好像我们家餐桌上喜欢吃什么，晚上怎么睡觉，是我可以不必经过与他人探讨，不必与他人特别交代的事。

我曾经做过一份照顾孩子特别"不容易"的工作，每次当我的孩子需要我，我必须跟人请示交代请求，而且我得表现得可怜，才可能使他们觉得诚恳，才有资格得到经过非常麻烦的手续办理而来的机会。在这些手续里，我还要继续维持一张可怜而诚恳的母亲的脸，生怕失去了哪一个签字。

我从来没有被质疑过工作能力，就因为我成了母亲，我的工作能力，我的职业操守，都不再被信任。

我不明白为什么，为什么人们会觉得一个女人成为母亲就不会再好好工作了。因为她很容易分心？因为她有了很多分心的借口？

事实上，正是因为我成了母亲，我才成了一个更加进取和积极的人，因为当你背后有了你要保护的，你才能意识到责任，你才知道你不能倒，因为你倒下的不是你自己，还会压到你心疼的。

当我成为一个母亲，我努力工作，我赚取我应得的报酬；我努力工作，赢得我应得的价值。因为努力，我得到更多陪伴我孩子的时间，为此我愿意加倍努力；因为努力，我可以不用费力去使人相信我，相信我的能力，相信我的诚恳，我不用去"解释交代说明"，为此我愿意加倍努力。

我为什么要"解释交代说明"使人相信我，相比这种费劲，不如努力做事更让我感到拥有尊严。

如果不是因为我的孩子，我不会成为今天的我。

但因为我是这样的我，所以我必须这样活着。

我喜欢有尊严的活着，我喜欢有力量地活着。看起来狼狈？那当然，哪有那么便宜又轻易的得到。不过，有什么关系，反正年轻时又不是没有看起来漂亮地活过。

"做自己"的重点和难点

"做自己"这个字眼常常在同学们交流时被大家提及,但什么是"做自己"呢?

并不会你一个念头闪现,你就会"做自己";并不会你阅读到某一句有启示的话语,你就会"做自己"。

"做自己",并不是凭空而来。

"做自己"不会凭空而来,但也并非毫无意义。每个人终其一生都会朝着这个无法捉摸的目标前进,这是我们活着的本能。

修炼一门技艺,它可以是艺术的,也可以是日常的,不论是画画还是做饭,当你郑重认真地进入它,你就会经得起一遍又一遍琐碎的重复。在重复的无意义中,你会越来越执着,你会越来越顽固,你做事的风格和个性会逐渐呈现,你会越来越肯定自己,你对自我的执着会越来越强烈。

但不能仅仅只是如此。

你需要做一些具体的与他人有关联的事，比如恋爱，比如养育孩子，比如置身家庭，比如与他人共事。你会经历一重又一重琐碎的研磨，你会怀疑自己，会有挫败感，会感到无力，你会在内在价值和外在价值中感到混沌，一次次地被侵吞，被碰撞，被碾碎，你会跌跌撞撞直到你走得平稳，获得平衡。

自我并不是一个可以传授的概念。你要沉淀在一个又一个细节里，在那些微妙的部分，独属于你的特色并不需要刻意寻找就会自然显现；你要经历一个又一个的碰撞，不断地碰撞和反弹，有一天你会在自己身上看见他人，同时在他人身上看见自己，你才会感到某种新的力量在生发，获得宁静、柔软和慈悲。

你得先拿得起自我，才能放得下自我。

你需要和自己相处，同时你需要和他人相处。这两条路都是陷阱，你会被自我困住，你也会被他人束缚。

但你就是来犯错的，别回避这些。

不要害怕做一些看起来错误的事，不要害怕显得不够圆熟淡定，不要只是停留在没有头绪的概念中，不要指望一些为人处世的技巧可以使得你游刃有余，不要害怕失控和挫败，不要逃避琐碎和无意义。我们不断地向前正是为了完成这一切再回到起点，成长之路就是回归之路。

我爱你的固执，我爱你的倔强，我爱你痴。

我爱你的破碎，我爱你的不完全。

心里很浓，
而活得很淡

你们说：喜欢这样淡淡的你。

其实我想说：我心里很浓，只是活得很淡。

这几年，大概因为近30岁才开始画画的缘故，很多人都说我的生活好精彩啊。这真让我有点不好意思，因为从我的内心来说并没有发生任何改变。同样地，这两年越来越多的人用"文艺"来称呼我，也让我多多少少有点不习惯。

上次跟远远在山上的时候，远远问我：很好奇做半画课堂以前你在做什么啊？我说：其实还是一样的啊，我好像一直都是挺折腾的一个人。只是因为画画，做半画课堂，突然就被大家看到了。

在过去的日子里，我是被朋友们说"活得很老土"的那种人。喜欢逛菜市更甚于逛超市，喜欢自己搞定家里的一切而不是请工人来家里，从不泡吧、也极少逛街，常年的坚持就是写一些自说自话的文字和小诗，从QQ空间写到博客，再从博客写到了微信公众号，写到了今天被你们看到。要知道，过去我的这份"文艺"都使得我显得有点愚傻，我的同事甚至都跟我说：尤尤，你别写诗啦，写诗是养不活诗人的。

我唯一的特长是专注于自己喜欢的事物，尝试更多的东西对我来说不是特别必要。喜欢的东西一直都是那些，口味单一也很执着，最爱的早餐是白粥配白馒头，以前租屋下的小面馆老板一看见我进门就知道我要吃什么，因为我长久光顾只点一道面。恋爱呢，也只有一次，这个春天到来就是第12个年头。

我其实是很喜欢被生活掩埋的一个人，或者说是喜欢被生活的细小包裹。这样的个性，在今天这个时代很不合时宜，我曾经多次被劝说应该"尝遍天下美食"以及"见识不同的男人"，可是为什么呢？大家说，如果不多尝试，怎么知道最爱什么呢？

对"遍寻以得最爱"我总是深抱疑惑，难道遍寻不会更感迷惘和麻木吗？大概我真是觉得自己太渺小了，这世间许多人都渴求延展生命的广度，但是对我这样的人来说，能够尽力活得有深度已经是不容易的了。精力和热爱都是有限的，对于我这样从骨子里就并不自信的人来说，总是觉得能力不够。我常想，心是一个蛋糕，分得份数多了，每一份就少了，我只不过想给我喜爱的一切尽可能大的部分。

就是这样的，我喜欢对我坚持的那一小份浓浓的，所以反倒是看起来对更多事淡淡的。若说我今天的生活看起来有一些精彩，那只是我一直在坚持我的"老土"，在那份"老土"的坚持上结出了一个骨朵儿来。

每个人做好分内事，
这个世界就很好了

在外乘车、吃饭，总会在付款时对司机和服务员说"谢谢"。不一定他们做得有多好，而是我觉得每个人做好分内事，这个世界就很好了，所以也是一件值得答谢的事。

甚至有点糟的时候，我也会说"谢谢"，对方有时会愣一下，然后说一句：开门请小心，慢走。也许因为我们习惯了这些细碎的服务，所以服务者自己也不在乎，但一句"谢谢"会使得这些不起眼的付出与服务显得高尚起来。

在台湾的那些天，每天对着说"谢谢"最多的，就是我们的导游胡志星了。

第一天到台湾，我的数据线坏了，我问他哪里可以买到，第二天一早他就带给我一根。

每天吃过早饭，车就停在酒店门口了，几乎很少等待。每天我们一上桌，菜就会次第上桌，几乎很少等待。每天我们一上车就缩在椅子里放松了，他却要开始工作，拿着话筒讲历史、讲名人、讲典故、讲民俗、讲趣闻，逗我们开心。

我是当老师的，所以非常理解在一个时间段里安排自己所讲的内容，把握好内容同时又把握好时间真不是件容易的事。当老师还不必逗闷子，他还要逗闷子活跃气氛，大家在一起相处一个星期，有时候车程长达三个多小时，一段行程里走到哪里说什么，一个故事与另一个故事如何衔接，一段话的"梗"埋在哪里，是一件背后要下功夫的事。

真的觉得他做得非常好，以至于每天说很多句"谢谢"都还觉得不足够。

把我们安排妥当，他坐到一旁去吃饭的时候；有一天早晨知道他住在隔壁酒店的时候；跟着我们一路到台南一连三天没有归家的时候……对他说着谢谢，心里总还觉得有些小小的抱歉。

回程的路上，我一直在想，为什么会觉得抱歉呢。

总是不知道怎样安放别人对自己的好，总是觉得不是所有的付出都是理所当然，虽然也知道，我们毕竟是付了费的，这只不过是他的工作，但心里还是非常感激，感激这个世界上有人把他的分内事做得这么好。

小笨说：也许这辈子不会再见了吧。是啊，不会再见了。

我应该怎样安放你的好呢？

不仅仅只是说很多的"感谢，感谢……"，不仅仅只是看见它们，我也要做好我的分内事，让那些不起眼的付出与服务显得高尚起来。

身在浊世，
心在清空

"身在浊世，心在清空。"

这是我2008年写在博客里的一句话。那时每天上班下班在市中心密集的高楼与人群中穿行，站在街头等红灯的我，看着一排排汽车吐着浊气的时候，突然就微微笑了。

怎么突然就笑了。那只是日复一日很平常的一天，甚至天还灰蒙蒙的，可我站在那里看着街上的行人，突然觉得自己好想画画啊，我还是想画画。忽然发觉自己走了那么多弯弯道道，某个地方还一直在，一直在那里平平静静的，妥妥帖帖的，心情瞬间就清澈了。

这次在九份老街深处，听艺术家洪志胜先生讲他的"九份茶坊"的故事时，这八个字就从我心里再一次地冒出来。

《千与千寻》的场景地渲染了九份的艺术气息，顺着台阶拾级而上人潮如织，跟随着神隐少女走过的路，拐进偏僻的小巷，踏过凹凸不平的石砖，探寻到老街深处的"九份茶坊"，门口柱头上一只造型敦实、布满镂空茶叶形状的陶制猫，灵异的气息似乎在预示着里面别有洞天。

一进屋就被内里的陈设惊艳了，好像穿越了时空之门来到了一个茶的王国，金黄的微光深处水流滴答，似在宫殿又似在洞穴之中。随着碧绿的藤蔓踏步向下，向下，一层一层，穿过"九份茶坊"，往下还有个"九份艺术馆"，再往下还有个"陶工坊"，每一层都让人眼花缭乱，就这么一路向下，却还来到了个"天空之城"——"水心月茶坊"。

这儿正处山腰，据说清晨时刻云雾缭绕，站在阳台之上，仿佛悬在半空之中，"天空之城"真是实至名归。

说起最初"九份茶坊"的由来，以画者自居的洪先生说只是为了谋生。自1991年来到九份，因时常在这里写生，便扎根在这里画画、居住。开茶坊，不过是为了生计而已。这倒是我极少听到艺术家说的话。

那时的九份人烟稀少，许多屋舍人去楼空，"九份茶坊"是九份第一间茶坊，寻得此处作创作难能可贵，而同时要在这样一个地方投身去做一门生意，开一间茶坊更不是寻常人可以想见的。要知道，许多文人和艺术家是不愿以生意谋生的。

如今九份当然已经有许许多多的茶坊，但这一间当然还是最独特的一间，它的独特并不在于它同时有艺术馆和陶工坊，它的独特也并不在于它与宫崎骏的《天空之城》同名，它的独特恰恰在于它背后的人。

事实上在三年前，洪先生就把"天空之城"的名字改成了"水心月茶坊"，"水心月"三个字各取了他名字的一半。他的茶坊使用"天空之城"已经17年，为何在这个名字红火之后，却执意要将它更改呢？他说，他不愿意借用人家的名气。

许多人都觉得洪先生是个出色的生意人，可听到此处，我便了然，洪先生骨子里还是个创作者的心。没有创作者愿意站在别人的影子之下，这世间许多人都向往大树底下好乘凉，恨不得逮到这样的好机会。可这股子骄傲与硬气，是艺术创作者的脊梁。

讲到最后，洪先生说，"我只是个画画的人"。

我相信，人做的事就是人本身。所谓的生意之道，不过只是为人之道。

因为是这样的人，便会做出这样的选择，便会成就这样的事。敢于投身踏入浊世之中，能坚守一份澄澈与明净，"身在浊世，心在清空"，有一份始终如一的坚守，有一丝独一无二的骄傲，这便是我在这个扎根在九份土地上的人身上看到的。

过于追求的
往往面目全非

最近脚步慢了下来。

早起儿子说不想上学,于是我娘儿俩今天就清除了一切事,虚度光阴一整天。

晒晒太阳,吹吹风。看看家里的花儿开得正好。

我不习惯太过于急切的感觉。一直也不是一个很有紧迫感的人。

当年学画的时候,画室里有个从北京拜师回来的男孩,他拜过许多好师傅,颇有些得意,并不屑与我们交谈。一晚,我在画室独自画画,不想,他也来了。难得画室这一晚这么清静,只有我们俩。

沉寂了良久,他嗤笑一声说:"你可真够笨的。"

他突如其来一句让我发愣。

他继续说:"我刚来这里时,你在这儿算是第一了,只有你的画让我瞧得上眼。可你瞧瞧现在,他们都要追上你了,你还每天稀里糊涂地和他们混作一堆。"

从没有人对我说过这样的话。而我也从来没这样想过我自己。

我问他："你学画是为了什么？"

他说："为了我的父母，我的老师，我不能辜负他们！我一定要上很好的大学，这是我的责任感。"

那是我们之间唯一一次的交谈。

听他那么志气满满地说完，我沉默了好久。

我想，我确实不算是一个使得父母和师长脸上有光的孩子。我从来都不力争上游，哪怕我能够企及，我也不争取高峰。从来也没想过要争气要争光。大家都仰望第一，赞颂第一，而我却默默地想，我觉得第二第三更好呐。既有盼头又不害怕失去，多好。拿着第一，该有多少患得患失呢。

我习惯略有余缺，害怕丰盛满盈。这似乎是骨子里就生出来的。生活对于我来说，就是开启一小角的糖果罐。我从不奢望拥有更多欢乐，而要将它开启更多；也从不好奇窥探那遮掩的，是何种神秘的光景。

其实，我不是不向往更多，我只是内心有点胆怯。我害怕开启了更多，展现在我面前的，未必是成倍的欢乐；我害怕开启了更多，反而会侵蚀我现有的生活。

越是看重的东西越是要放轻，越是急切的事情越是要放缓。过于追求的往往会面目全非，急于抓紧的总是到头来灰飞烟灭。

　　有时候会想，如果心是一个瓶子的话，还是不要装太多水的好。爱，不要太满；思念，不要太溢；欲望，不要太盛。好留待一点空间给自己，喘息。

有时候，
我会任由生活糟糕一会儿

　　我是那种孩子哭泣时并不会去卖力安慰的妈妈。

　　我觉得，能够哭一哭还是蛮好的，人生能够这样放声大哭的日子其实没有多少，能够咧着嘴在路边大哭，实在是孩子才有的福分。我的儿子若是在路边大哭，虽然我也会觉得难堪，但是这种时候我是可以把面子摔在地上的人，我会陪我儿子坐在路边说：想哭就哭吧，我陪着你，等你哭好了，我们再回家。

　　是啊，就是这样，我相信人能做的事只有一半，另一半是人解决不了，妄图去做什么只会越添越乱。不是所有的事都需要"我"。风来雨去，有时候我们只能静静看着它们来了又去。

　　我理解的美好生活是包含着不美也不好的部分的。即使没有这些不美也不好的部分，你自找也会找些不美也不好的部分出来。人的天性是要受苦头，是要折腾的。每个人身边大概都有个这样的人，啥都好，投胎好，生得好，婚得好，干得好，可就这么美好人家还是会说"你不知道啊，其实……"。

所以，有时候我会任由生活糟糕一会儿。

这种状态时不时就会到访，我会放松手臂，轻轻地摊在这个很糟糕的状态里。

就像我会让我的孩子放声大哭，我会静静地陪着他，任由他尽情哭一回。我不会觉得我做错了什么，我没做够什么，我不害怕我不是个好妈妈。

真正接纳生活必然有不美也不好的一面，我有时会喜欢这个糟糕的自己，只有这个时候我才会满不在乎地"爱咋咋地"，只有这个时候我才会明知自己错了也任由自己犯错。

任由自己糟糕一会，就像给那个一直活得"正确"的自己放一放风。

我会任由自己糟糕一会儿。

我会任由生活糟糕一会儿。

我不害怕自己糟糕。

我不害怕自己不美好。

因为"不美好"既不能使得我焦虑，亦不会使得我恐惧。我相信即使我是糟糕的，我依然和美好共存，而并不受它控制。

孤身前往纵使难行，
屈从他人也未必好过

今天看到一句话：人类对少数"异己者"的迫害真是太悲剧了，历史似乎从来如此。然后，就看到一位朋友说：人呐，尽情做自己，不取悦别人时，总是要被骂的。

被戳中了。

是啊，难怪要被骂。

别人都这么费力取悦，你凭什么可以尽情做自己呢。人呢，总是要受委屈的，这方面不承受，那方面总是要受的。不过是有的人图得心里痛快，有的人图得嘴上痛快。所以我总不愿觉得被骂是受委屈的。

人生不管哪条路都是难走的，孤身前往纵使难行，屈从他人也未必好过。谁也未必比谁容易。只是，相比逞得口舌之快，我更愿意获得真心愉悦。

这样看来,"被骂"也不是委屈。委屈总显得被动,而对于某些人来说,若这孤独难行之路乃是自己的主动选择,又何来委屈呢。所以,我是从不愿为了被骂的委屈而去解释的。因为去解释受委屈这件事,本身就让我觉得比承受委屈更屈辱。

我宁可什么也不说,不解释,也不申诉。

不争不辩,是因为我不必对得起别人,对得起自己就好。

每个人心里有一个世界。你说是什么就是什么。我自有我的天地。

这么想想,便也不觉得那些被排挤被骂是件唏嘘的事。

这世间真正能够交谈的人是很少的。越害怕孤独才越需要抱团取暖——却还只是温柔了彼此的皮毛,心依旧是寒凉。而人若是可以对得起自己的心,不枉费来了这么一遭,热切地燃烧着,心哪怕是孤单的,却也是火热的。

成长是不断地自我丢失，
而成熟却是与自我重逢

年末在屋顶的樱园与周老师一起吃饭，周老师给我讲了个故事《鱼就是鱼》：

有一条鱼在水中游，又一条鱼在水中游，它们一起游着，形影不离。那一条鱼对这一条鱼说："我不是鱼。"

这一条鱼很奇怪："我们都在水里，你怎么不是鱼呢？"

然而游着游着，那一条鱼尾巴掉了，过不久又长出四条腿，跳上了岸。原来那一条鱼真的不是鱼，而是一只青蛙。

青蛙每天给鱼讲自己的见闻，那些在天空飞翔的鸟，那些长着毛的四条腿动物……可是这一条鱼只见过鱼，于是它想象着长着翅膀的鱼，长着毛的鱼，长着四条腿的鱼……

终于有一天，这一条鱼厌倦了自己想象的世界，它鼓足勇气跃上岸，它终于看见了外面的世界，那些飞翔的鸟，那些长着毛的四条腿动物……然而同时它也越来越呼吸困难，它大声呼喊着救命，青蛙听见了，跳过来，及时地一脚把它踢回到水里。

　　这一条鱼终于又呼吸畅快了，它又在水里自在地悠游，吐了一个泡泡说："鱼就是鱼啊。"

　　好的故事便是如此，它宽阔地呈现一个平静的水面，好让每个人在其间看到自己的倒影，从而得到属于自己的思考。你在其中看见了什么呢？那些在生命里相遇与经过的人，或是看见了自己？

我看见了一个自我丢失与自我重逢的故事。

我们或许都经历过"我想要我是什么样""我应该成为什么样"甚至是"我必须成为什么样"的阶段吧,事实上,之前我就写到"我正成为我想要的那种人,我正走在我想要的人生路上"。而这些话虽然很让人激动,却又感觉有些较劲。

三年多前我开始重拾画笔,第一年我对自己说,明年我希望可以给出版社供稿,第二年实现了;第二年我对自己说,明年我希望可以参加画展,第三年实现了;第三年我对自己说,明年我希望可以创办一个绘画工作室,今年实现了。

看起来,我确实走在我想要的路上。每一年给自己订立一个目标,不大,但都有用心去完成。

目标使人进步,而目的使人迷失。

当我在不断地朝着"我想要我是什么样""我应该成为什么样"的方向前进的时候,我才发现,活着其实是"我是这样的",我接纳"我是这样的"。是的,我不再与生活较劲了,我的内心得到了前所未有的平和。成长是不断自我丢失的过程,而成熟却是与自我重逢。

鱼开始在水里游,鱼最终也在水里游,鱼开始知道自己是鱼,鱼最终也知道自己是鱼。但是开始与结尾已然不一样,不经历自我迷失不得已成长,不坦诚接纳自我不得已成熟,当鱼最终说出"鱼就是鱼"的时候,它是自我接纳与自我和解的,不再懵懂与缺失,不再与自我对抗,与世界较劲。

感谢听到了《鱼就是鱼》这个故事,它让我知道,我就是我。

//103

节日，
就是不只有"我"的世界

在大理，我跟菲朵一家吃过年夜饭，慢慢步行回屋，在夜色中大理古城飘散着香火和鞭炮的气息。这两天我都跟菲朵在一起，走过大理的山，走过大理的海。每次说起大理和大理的人，菲朵就会像个小女孩提及她心爱的宝贝一样，她说"这里的人多爱花儿，赶集也会买束花回去""你看，那檐梁上的颜色多美，只有他们敢这么用颜色""他们有很多习俗，他们敬畏自然"……

我们一起在大自然里，听见许多声音，看见许多生命，走进一个一个不只有人的世界。

过年，每当想起这个字眼，总是让人联想到人，一桌一桌的人、一屋一屋的人、一街一街的人、一片一片的人。这是中国人在一年中，人最密集的时刻。

我看着屋前燃烧的殷红香火，想起了父亲过去对我说："人啊，自己赚钱自己花是没有意思的，过年，就是把钱拿出来大家一起花。"过

去我总觉得这是一种糟粕的陋习，可如今自己也已为人母，却觉得这份大俗里蕴含着了不起的意义——那就是节日在提醒着我们，这是一个不只有"我"的世界。

节日，在不断地教育着我们，这个世界不只有"我"，我们上有父母，下有儿女，与许多人相互支撑，相互拥挤在这个世界，在每一个忙碌的日子里，我们的心中都只有"我"，但节日，是放下"我"。

节日，在提醒着我们，我们生活在一个不只有人的世界。我们真正丧失的，并不是年味，而是对天地、自然、阳光雨露的敬畏。我们与世界相互依存，在这一个万物更新的时候，真正让我们庸碌又迷离的并不是人情世故，而是那一份放低"我"的敬畏之心。

106//

//107

"过得去"的智慧

20岁那年我对自我的定义很简单，在学校当好学生，出社会当好员工，在家里当好女儿，将来再当个好妻子好妈妈。这就是我过去所理解的人生，循规蹈矩，把每一个时期的自己都做好，扮演许多"好"的角色。可有一天，这一切都变了，那正是在我做着好妈妈的时候。

我的确是一个好妈妈，一边带孩子一边读了许多的育儿书籍，按着好妈妈的指标带孩子：母乳喂养、及时回应、自然离乳……甚至在我儿子出生后的两年，我几乎淡出了网络。那时我每天九点睡觉，跟孩子一起躺下，这样才能保证第二天我有充足的精力陪伴孩子。我的全心全意甚至超越一个全职妈妈。

当我的孩子一岁开始说"不"的时候，我忽然觉得我不能这样下去了，我的孩子不会永远像婴儿一样地需要我。他在成长，而且速度很快，他已经开始独立了。在孩子一岁两岁的时候，做个"好妈妈"相对来说容易，只要全心付出，只要用心努力，就会是一个此阶段的

好妈妈；可孩子逐渐长大，"好妈妈"意味着不是用力，而恰恰是放手和放松。

这个意识改变了我的人生。把那个力求什么都做到"好"的我，变成一个"只要过得去"的我。从那一年，我无比清晰地感到，我不需要靠任何"好"的身份来存在，我是要靠"我"来存在，别人眼中的那个自己，只要过得去就行。放过自己，我应该跟我的孩子一起，成为"我"自己。

在这一年，我开始捡起画笔画画，也因为画画，我认识了同样"做个过得去的妈妈"的宁远。可作为一个公众人物来说，过得去不仅仅是放过自己，还是放下更多。那些伴随名气而来的包袱，宁远就像个任性的孩子一样，把它们哐当往地上一放——我就做个过得去的妈妈。

这份意外真让我觉得有趣。可渐渐地，我觉得这不仅仅是她的有趣，也是她的智慧。在她的《花都开好了》服装发布会上，一众姐妹在后台热闹摆弄着即将登场的衣服，我看见远远还没换衣服，问道："哪一件是她的呢？"

一只手指着那件繁花似锦的袍子说："那件最好看的一定是她的。"

等到最后她穿着一件素净的本色袍子登场时，我不禁笑了，这就是她啊。每个人都觉得这一天她是大主角，她理所应当穿得最夺目最繁盛，但她却朴朴素素地站了出来。大多数人都佩服的她，是她的担得起，上得去。但她最可贵的那一面，我觉得却是放得下和下得来。担得起是本事，上得去是能干，可担起来上去了，还要放得下和下得来，那是一份难得的智慧。

有太多的公众人物被名气的包袱所累，实际是让自己被他人的想象绑架，让自己被更多"好"的身份绑架。尤其是个女人，做事做得棒棒的女人，多怕别人说自己不是个"好妈妈"啊，哪有谁会坦荡荡地说，我就做个"过得去"的妈妈就行了。

这是一种放松，也是一种放下。既没有包袱地面对自己，也没有包袱地面对自己的生活。做好自己，只是为了诚实面对自己的生活，正如她自己所说，"并不打算指导任何人的人生"，在别人那儿的那个自己，"过得去"就行了。

有得拼命的命运
是幸福的

上周末去了一趟峨眉山,上山那天正好孕期35周。寒潮来临,冒雪上山,真是拼命。可是对我来说,还好吧,习惯了。

习惯了这样活着。

我即将生下第二个孩子,总是在想,两个孩子的日常是怎样的呢?我是独生女,从来没有感受过有一个人跟我同父母同血缘同屋檐的生活。而我小时候的那些伙伴她们都无一例外有一个弟弟。

有一次我坐在教室里哭,坐在前面的大头转过身看着我:"你在哭什么?"

我难过地说,我的父母吵架了要离婚。

大头没有任何语调地说:"只是这样就哭,那你要是我的话,早该去死好几回了。"

听了这句话,我挂着泪以为她要继续说下去,而她只是转过身,

说了一句:"你已经比我幸福多了。"

大头在小学时是我们这群女孩子中最强有力的一个,她个头高,总是为我们出头,没有任何男生敢欺负她,我从未见过她这样,这样低而弱。

虽然我不知道她的家庭是怎样的,但她对我说的这段话,确实让我并不好意思再轻易哭泣。

后来一直到考大学,我才意识到她的强和她的弱背后的无可奈何。

我的人生不必给任何人让路,不必做任何牺牲。我所有的那些童年伙伴,只有一个跟我一样上了大学,她在家跪着请求父母借给她上学的钱,并承诺在大学期间打工全数还给父母。

我不必经历这些,我还有资本任性,还有资本去想"我为什么要读

书，难道就是为了满足父母的期望而读书吗"，还有资本去想"我凭什么去做哪一类人，我凭什么被划分"，还有资本去选择，还有资本去叛逆，而对于与我一同长大的那些女生来说，她们的人生根本来不及想。

大学第二年寒假回家，我在街对面看见了大头。她坐在一个店铺的门口，头发散落着，怀中抱着一个婴儿，她的块头因为略有些发胖而显得更大了。那是一个庞大又虚空的女人的形象，一个我熟悉的又陌生的女人的形象。

她没有看见我，也根本看不见我。她的眼神没有任何目标和光彩，就在甜腻的冬日暖阳下，愣愣地盯着一处，又好像根本不想看这个世界的任何一处。

我愣在马路边许久，终于还是不敢过去与她招呼。

我可以想象她还是会那样的强悍，会怎样与那个男人打骂争吵撕扯，我也可以想象她的柔弱，是会怎样喋喋不休的粗粝的存在又或者无声无息地消逝。

而我，此刻有许多的男生在等着我回到校园想着该怎样给我打来一通经意又不经意的电话，或是在打听我一直不与任何男生约会是否是个同性恋。

我们之间隔着的不仅是未婚少女和已婚少妇的生活，而是截然不同的命运与人生，我还有资本扑腾，我还有资本拼命，而有的人连扑腾都不曾扑腾一下就被生活的浪头打了下去。

大头是生活给的一记沉闷的耳光，她告诉我，我是没有资格活得不幸福的：有什么资格哭泣？有什么资格哀怨呢？我有资本走出这层层代代的循环，我有条件去叛逆去思考去扑腾到前所未有的地方，我有模有样可以去选择，去拒绝，去争取，去获得。

我总觉得我是不好意思不努力不拼命的，这已经是我的惯性。

我习惯了。习惯了这样活着。

努力与拼命对我来说，从来不是辛苦，而是幸福。因为我知道，有得努力的人生是幸福的，有得拼命的命运是幸福的。

对自己柔软一点，别逼着自己强大

刚刚看到一位朋友在后台问我，相不相信吸引力法则，想什么就会吸引什么。真是巧，我刚看完一个恐怖故事，在黑夜里打了一个抖，就看到这样的留言，这算不算吸引力法则。

越想象那个令人恐惧的东西就越吸引它，然后越来越胆小，越来越恐惧，每个人都有这样的体验吧。

而且，似乎担心的事情总会应验，害怕的东西总会如影随影。

每当这种时候，我们总会强迫自己强大起来，告诉自己"不要怕""不要怕"，给自己打气，如果在黑暗里大喊一声"我才不怕呢"就能微笑起来，当然最好。

如果不行，试试别的办法也可以，比如转移注意力。事实上也常常失败。

哦，恐惧实在是一种难以消除的，令人不悦的体验。所以我从来不会自找恐惧，我不需要依靠恐惧这种强烈的刺激来确认自己的

116//

存在。

是的，这是主观规避。当然还是不可避免要遇见它。

恐惧与克制恐惧是一场无能为力的自我斗争，一个在不断克制，一个在克制中不断强化，强力的制止反而更像是衍生的催化剂，我们根本无法通过消灭恐惧来战胜它。最后我们只会在精疲力竭中睡着，而不是在如释重负中睡着。

我唯一有效的经验是，反过身去在内心拥抱自己，跟自己说："害怕是理所当然的""软弱是没有关系的""宽容自己不强大也是可以的"。

承认自己的软弱才会真的坚强起来。别急着把门关上，把自己推出门去。与那个恐惧的自己温柔地待在一起，你应该对自己柔软一点，趁这个机会温暖地抱抱自己。

如果你相信吸引力法则，你对自己越柔软，世界越对你温柔，你对自己越坚硬，世界越让人疼痛。

对自己选择的，
抱有一颗简朴的心

我的朋友跟我说，她看了我的文字做了一个决定，去做试管婴儿。过去她一直在准备，准备环境、准备心理、准备身体、准备……我知道对于一个惯性按着世界的规范与规则前进的人来说，终于做出一个属于自己的决定是多么重大的一件事。我们过去都是循规蹈矩的女孩，然后长成按部就班的大人，直到某一天被我们内心那股原始的女性力量所唤醒。

在那些熬不下去的不断检查中，她说我的文字给了她坚持的力量。

几年前的一个夜晚，我在校园的操场上散步的时候，一个女老师走过来跟我并肩走在一起。过去她跟我在同一间办公室，几乎很少交谈，看起来她是特地来找我。走了几步，她说："我很佩服你的，很想问问你为什么可以做出那么大的牺牲呢？我一直在想要不要辞职去我老公的城市，可是我现在毕竟做得还不错，你说是不是坚持到最后，还是女人要做出牺牲呢？"

我们的脚一步步踏在绿绿的草坪上，我抬头看了看被电线分割的青灰天色："其实我从来不觉得我做出了什么牺牲，"我看着她说道，"因为这对于我来说不是牺牲，而是选择。因为我是绝对不会做出牺牲的。觉得自己做出了牺牲，对方任何好的行为你都会觉得不够好，因为牺牲，你觉得他应该格外地感激与付出。而哪怕是正常的摩擦与问题，也会因为牺牲，而感到怎么可以这样对待我？其实我想你是不怕做出牺牲的，你只是担心做出牺牲会不会值得。可是如果你有了牺牲的心态，已经增加了会往坏的方向发展的可能，会更容易导致坏的结果。所以，我从不觉得我做出了什么牺牲，一切都是我自己选择的。"

这次交谈没有多久以后，她把学校的房子卖了，把职务辞了，去了她老公的城市。

决定、选择的另一个意思是放弃。选择的背后充满不易，而放弃的背后是孤独承担。所以其实我并不为我影响了他人而感到开心。有时候会被做出决定的自己所感动，但感动之余也要明白并不是选择、放弃，就意味着一定会好的。

为自己的选择而付出，只能抱有一颗简朴的心，不要有付出就着急求结果，不要为期待对方感激而付出。只有真正为自己做出的选择，才不会感到不甘心，才不会害怕不值得。哪怕没有结果，也要去做的，才会让自己平静。

我从来不会衡量哪是好的，哪是不好的，做选择的时候，我只会问自己，哪个更让我平静。

不要降低生活的标准，
才能把生活过得正常

生了星贝以后，很多人希望我分享自己去如何教育孩子的，为何星宝会这么呵护和疼爱弟弟。而对我来说，在跟孩子的相处中，我并不认为我特别地做到了什么，我只不过在维持着很正常的很基本的生活，这并无任何超越之处。

是的，维持。用这两个字，是因为"正常"的生活确实不轻巧，尤其是在我们对不正常的一切太过于习惯的大环境中。

我们已经不习惯吃饭是孩子自己的事。

我们已经不习惯一家子坐在一起吃饭是正常的事。

我们已经不习惯孩子们之间打闹、和解、别扭又相亲相爱是正常的事。

记得在我小时候，所感受过的那些父辈的生活，吃饭是孩子自己的事，五六岁的孩子基本可以照顾自己的起居生活，吃饭穿衣洗漱可以靠自己独立完成，甚至还可以帮助大人掐菜、晾晒衣服，做一些简单的家务活，大的孩子会照顾关心小的孩子，当然也会欺负他们，但在关键的时刻也会保护他们。

这些在我的印象中都是很正常的事情。

刚谈恋爱时，我的老公关心我吃饭了没，他说："看我对你多好。"

我答："这不是正常的嘛，不关心这些才是不正常吧。"

"很多男人都不这样呢。"

"那是他们降低了正常的标准啊。降低了正常的标准，就会想他怎么不关心我？就会把好好谈恋爱的时光拿去做一些无谓的担心。我们既然在一起，关心彼此，这是最基本的，也是最正常的事。我和你在一起，我会做到这些最基本的，而不会因为做这些而感觉自己做了多么了不起的付出。同时我也希望和这样的人在一起。我们应该习惯正常的行为，对正常的行为过分歌颂，会使得我们降低正常的标准，反而对不正常的一切习以为常。"

我相信境由心造。

当我们的心认为孩子自己吃饭是正常的，在孩子手抓饭把桌子弄得一团糟时保持平静，我们会欣喜地去看孩子自主吃饭能力在发展。当我们的心认为孩子就是不会自己吃饭，在孩子吃饭把桌子弄得一团糟的时候，我们会说道："看吧，就知道你做不好。"

当我们的心认为孩子们自己会解决他们的问题，当他们在一起玩耍发生别扭摩擦时，我们就会保持平静，我们相信那是他们学习处理问题的好时机。当我们的心认为孩子不会爱，也需要我们去指导他们去爱时，在孩子发生矛盾时，我们会忍不住跳出来说："看吧，就知道你们玩一会就要闹。"

"看吧，就知道你做不好。"

"看吧，就知道你学习不专心。"

"看吧，就知道你坚持不了一会。"

"看吧，就知道你不爱我。"

……

看吧，你在一开始就把这些负面当成了习以为常。

不要降低正常的标准，才是把生活过得正常的基石。

前提是，你理解什么是正常的生活呢。

从一开始就担心：孩子不好好吃饭怎么办？孩子不听话怎么办？生了二胎老大吃醋怎么办？……

我们为什么会有这么多担心，因为我们的认知告诉我们：孩子都是这样的。

可是如果我们的心里认为孩子学习吃饭自然会经历混乱，孩子有些负面情绪也很正常，孩子之间会有矛盾也很正常，那么我们的言行都会发生变化，至少我们首先不会过激地对待正常的一切。

不会对正常的一切过激地赞扬，也不会对正常的一切过激地批判。因为一切都是正常的。

　　要让这些正常的一切进入轨道，我们首先要对正常的一切习以为常。

　　所以，我不喜欢被别人当作我很会教育孩子。想要过得正常，就不要对正常的行为过分歌颂。不要降低正常的标准，反而对不正常的一切习以为常。

　　正如一开始我所说，这只是我跟孩子的相处，而不是我对孩子的教育。

　　对我来说，在跟孩子的相处中，我并不认为我特别的做到了什么，我只不过在过着很正常的很基本的生活，这并无任何超越之处。

保持"没问题"的心
比没问题的环境更重要

昨天去夏令营看星宝,老师说星宝很大方很有规则,然后给我讲了一件有趣的小事。星宝跟外教老师聊天,问老师:"老师,你多少岁了?"

老师没有直接回答他,而是问他:"你觉得我多少岁了呢?"

星宝说:"我觉得你应该有56岁了吧。"

这位老师真的就是56岁,但是老师跟星宝说:"噢,我有86岁了哦。"

星宝答道:"哇!那我猜对了一个。"

老师说这孩子真有趣,第一反应不是没猜对,而是居然对了一个,心态真好。

听到老师讲的这件小事,我看着星宝的身上好像开了一朵晶莹的小花,不觉想起星宝刚出生的时候。

那时星宝小小一只稚气可爱，面对这样一个绵软的生命，好想掏出所有的爱去保护他，也不由得去想该如何去面对养育生命这样庞大严肃的命题。看到许多文字里讲，一句暴力的、冷漠的、讽刺的、尖锐的话语都会对孩子的一生造成影响，不由地感到忧虑和艰难。

作为父母得多么小心地一路呵护，才能让孩子的身体不受伤害，让孩子的心灵不受伤害，给孩子一个没有问题的成长环境啊。作为一个母亲本能的担忧从房间的四处浮现起来，几乎要将我淹没，一想到这没有尽头的焦虑将一直伴随着我，我就无力，因为孩子的一生不可能走过完全没有问题的路途。

我可以一直保护他一岁、两岁、三岁，可他终究会去幼儿园，会去小学，会去我的眼我的手看不到也触不到的世界。我能一直保护他，我能一直为他挑选筛查所有的环境和所有接触的人吗？当然不可能。

我回想起自己童年时的一个片段。

那时的我上小学二年级，有一天在回家的路上看见一株小麦，我们这小镇上已经没有什么农田，忽然在路边的杂草野花堆里看见一株小麦，让我非常欣喜。我只是在书里读到过它，我确认它就是一株小麦，我把它扒拉了出来，带回家种在了小院里。

在这个小院里，这是一株属于我的植物。它和其他的每一株都不同，因为它是一株小麦。

静夜里，月光照得房间里亮堂堂。我睡不着，爬到窗前去看我的小麦。月光洒在院子里,洒在我的脸上,我看见夜里的梧桐树透着月光像碧玉一样发出温柔的光,我看着树下的小麦,它来到我家适应吗?别的植物都开花,只是它不开花,它会难过吗?别的花会不会嘲笑它……想着想着我情不自禁把这一个夜晚记在了日记本上:

  我听见院子里稀稀碎碎的声响,四下的角落里,所有的花都醒来了,都在看着它,都在议论着它,花儿们都在私语:
  "这新来是谁?怎么一直低着头。"
  "是啊,它还瘦瘦的,好像站都站不直。"
  "你也会开花吗?"
  我的小麦低着头,不知道怎么答话,颤巍巍地摇摇头。
  "我们这个院子里都是会开花的植物,你不会开花怎么会进来这里呢?"花儿们摇晃着说道。我的小麦啊,弯得更低了。
  "咳咳,我也不会开花啊,我不也在这里吗?"
  院子中央撑开伞一样的梧桐树老爷爷发出了低沉的声音。"我不会开花,可是我一直在这里为你们遮太阳挡风雨,难道我也不应该在这个院子里吗?"
  梧桐树老爷爷话说完,所有的花都低了头。
  "欢迎你啊,你叫什么呀?"梧桐树轻轻地哗哗地

摇摆它的叶子，对小麦问道。

小麦用细细小小的声音回答着："我叫小麦。"

"啊，小麦啊，是很好吃的小麦啊。"梧桐树老爷爷说。

"原来你就是小麦啊。"院子里的花都跟小麦打着招呼，"欢迎你，小麦。"

我的小麦笑了，它和所有的植物都认识了。

就这样，在我的日记里，我的小麦终于在院子里安顿下来，我安心地从书桌前离开，躺在床上很快就满足地睡着了。

第二天上课，我还在想着我的小麦。

"咄！咄！咄！"

我被一个声音惊得回过神来，一抬头是语文老师的脸，正满是不悦地看着我："你站起来，回答这个问题！"

"……"

我根本不知道是什么问题，一时愣住了。

"上课不好好听讲，日记还抄袭……"

听到老师说到抄袭，我一下激灵得想起来昨晚发生的一切。

"没有！我没有抄袭！"我申辩着。

"抄袭还不承认！这是错上加错！"听到我的反驳，老师更生气了，不由得我解释，老师转过身直往讲台上走。

看着老师挥舞着手中的书本和尺子，同学们都偷瞄着我，我含着满腹的委屈不知道怎么自白。我的作文从来都写得不好，我的日记从来都是流水账，是啊，没有人相信我会写出来一篇好的来。

可是，那真的是我写的，那真的是我写的。

难过的我连家也不想回，根本没有人会相信我，他们只会说我撒谎抄袭还不承认。我走到戈大河边，坐在石阶上，看着深幽的河水平静向前。你会相信我吗？我对晃动的波浪喃喃自语。

看着我的脸在河水中零碎地晃动，我的心腾地一下就开了——啊！我已经写得这么好了吗？！好到像20岁的人写得那么好，好到老师都不能相信是我写的，好到超出了老师的想象！想到这儿，我的委屈难过一下子就沿着河面散开了。

想到这件往事，我不由得想，星宝以后也会面对这样的时刻吧，会经历委屈难过翻不过去的时刻，会经历难以辩白而无法吐露的时刻。

而有些痛苦注定是再亲再亲的我也无法替代与参与的，这是他的必经之途，他会经历这些变得怯懦、犹疑、愤怒、无望，还是经历这些变得坚韧、强大、平和、有力，全靠他自己。

我唯一能给他的是，多说一些"没关系""没问题"。亲爱的孩子，错了没关系，摔倒没关系，打翻没关系；亲爱的孩子，糟糕没问题，失败没问题，慢慢来没问题。

这些都不是问题，问题是你还要不要再试一次，要不要继续向前。如果被批评就失去勇气，那这批评就白白承受了；如果被怀疑就失去信心，那么这怀疑就白白经历了。

听到星宝说"哇！那我猜对了一个"，我知道你没问题的。

你还会继续对这个世界提问题，你还会继续接住这个世界的问题。重要的不是度过没有问题的一生，重要的是带着没问题的心继续走下去。

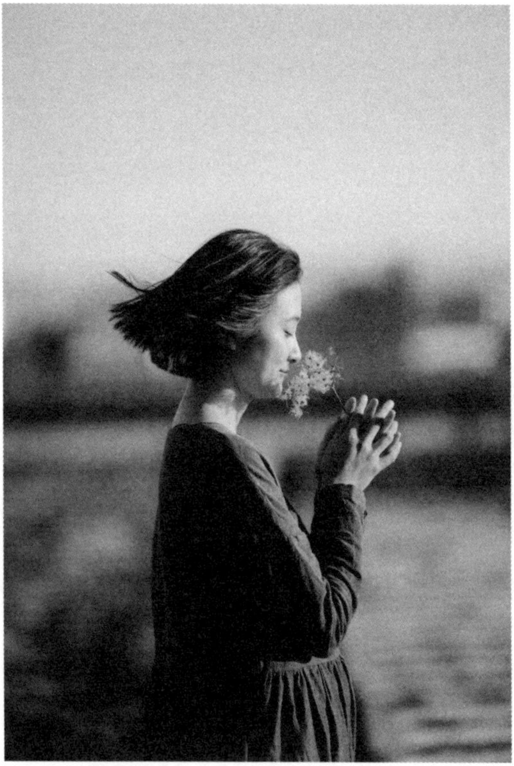

Part 3 / 请你爱我，就爱我是一朵花的样子

这个世界很大，日子却要过得小。看见了美，就发现了爱。当"美"的感受在流动，爱就自然在生活的点滴中传递，我们对爱的觉知就会苏醒，对爱的表达就会流畅，对爱的感受就会丰富。

看见自然的美，让人敬畏，体味人心的爱，人自然慈悲。

爱与美的力量在于，使人谦卑。

希望我们都是懂爱的，
让爱伸出窗子去

上正面管教课的时候，跳妈让我们每个人只用一个词语来形容自己，大家都顿时觉得好难哦，乐观、开朗、内向、独立、责任感、纠结、叛逆……仅仅只用一个词语来形容自己，简直无从写起。

我静静地想了想，写了"懂得爱"。

每个父母都不可能对孩子没有期望，在他的平安健康之上，如果让我选一个词语来描述对孩子的期望，我也会写"懂得爱"。这是我对孩子的期望，也是我对自己的期望，如果我只能选择一个能力，我希望我是懂得爱的。哪怕，说出"爱"对我来说是困难的。

有一次我坐在校车上看见一对母子在依依惜别，每学年开始的日子，这情景很是寻常。无非是嚼着穿衣吃饭喝水看紧钱包等琐琐碎碎的句子。

可母亲突然从窗子伸出手去，摸着儿子的头说："儿子，妈妈爱你。"

因着这话，我不禁打量了下这位母亲，黑色皮筋松散地扎着头发，蓝白的编织袋搁在脚边。一位很普通很平实的农村妇女。

这句话顿时让我也仿佛回到了十一年前，和母亲在站台上惜别。

我们家，从没有人说过一个"爱"字。我从没听我的父母之间说起过，我的父母也从未对我说起过。在我过去的认知里，我觉得"爱"就是嚼碎在牙缝里，拌在柴米油盐里，踏在鞋垫里，怎好是在大白日下赤生生地吐露出来的。

那时候，我和母亲在站台惜别，一旁站着在火车上才认识不久的男生老乡。因有着旁人，我和母亲都是谨守分寸，克制着相互告别。当火车开始移动，隔着玻璃顿见母亲红了眼眶，我也一下子忍不住，眼泪刷刷地就流下来。

那男生说：别难过了。

我却一把抹干眼泪，毫不理会人家，一声不吭地铆着劲一路走，就那么着走回了学校。

那男生一路沉默地远远跟在我后面，我始终也没搭理他，最后连再见都没有说。

当初的我和母亲，大抵也是想说出来"爱"。可是，对我们彼此来说，爱就是炭盆子里面不温不火的火星子，一旦挑弄了一下，火舌噌地蹿上来，说不出话来，反而是呛了满脸的泪。

我们都被这哽在喉头的"爱"字搅得不知所措。

我也因在一个旁人面前突如其来就显露了情感而觉得无地自容。

我是一路逃跑似的走。

当时的我真没礼貌。可我确实是觉得窘迫不堪，因为"爱"被发现和察觉，又自知没理由愤怒，于是反倒是尴尬的沉默与冷淡。是啊，我当时心内真是愤怒：谁说我难过了！

不要看着我流了眼泪，不要看着我怯露了爱。

可我，看着眼前这位农村妈妈，忽然觉得她好可爱好美。哪怕她发髻蓬松，皮肤黝黑，可她说出"儿子，妈妈爱你"的时候，浑身都散发着柔柔的光。

我也会对着我小小的儿子说：儿子，妈妈爱你。可我好希望，有一天我的儿子大了，有一天成年了，我能够像这个平凡朴素的母亲一样，好亲切好光荣地说一句：儿子，妈妈爱你。

我希望我们都是"懂得爱"的。我们的爱在心里生长着，伸出那窗子去。

请你爱我，
就爱我是一朵花的样子

从大理的香草园一进门就看见黄色石蒜，鲜明地从土里长出来。这是第一次看见鲜活的石蒜花，便是金黄色的忽地笑，红色和白色的石蒜更为有名，被称为彼岸花。忽地笑，就像它的名字一样，看见就让人心生愉悦和惊喜。看它插在罐子里，看它长在野地里，明媚澄澈，细细黄黄的蕊丝一缕一缕，好像从土里长出来的阳光，喜欢它就是一朵花的样子，不必承载那么多沉甸甸的人为的故事。

最近总是想到我奶奶，一个柔弱娴静的女人。记忆里她说的话不多，我们俩相对的时候她总是安安静静的，安静地织着手中的袜子，一针一针，然后在我的脚上比画一下，说："还要再织几针。"

而母亲回家看见我和奶奶坐在一起，总会很生气地说："你奶奶根本就不爱你。"

我很不喜欢母亲说这样的话，但我不能表示出对此的反对，只是不吭声，第二天又照样儿坐在奶奶身边。

"你奶奶就是重男轻女，你看她给你织了一双袜子没，那袜子全是织给你弟弟的。"我不知道母亲为什么为了袜子这么生气，反正我也不喜欢穿那些厚厚的毛线袜子啊。相比那些袜子，我觉得母亲这些话更深刻地伤害了我。

后来爷爷去世，奶奶也织不了袜子了，终日地咳嗽。在昏暗的小房间里，她的背影看起来特别让人心疼。我总是没事就跑去她房里坐着，往她床边的藤椅上一坐，发出"嘎吱"一声响，她就会抬起头来："是琳琳啊。"然后又低下头去咳嗽。

我知道奶奶不爱我，至少不是最爱我，在除夕夜里，我看见奶奶多塞给弟弟一个红包。可是没有关系啊，我坐在藤椅上默默地想着："终有一天，你会爱我的。"

"终有一天，你会爱我的。"
许多年后，我也有对其他人这么默默地想着。

奶奶去世的时候嘴里一直念叨着我的名字，跪在灵堂里的时候，家里人在我旁边说："你奶奶最爱你了。"

我流着眼泪，心里空落落的。好像终于得到了，但其实一直缺失着。

只要我一直温柔地看着你，只要我一直善良地体会你，只要我一直安静地陪伴你，"终有一天，你会爱我的"。

但其实不是的。

"就算你做到再好，也总是有人不爱你的。"我对自己说，很疼痛，就像当年母亲对我说那样的疼痛。但我笑了。

我知道这才是爱，爱不是因为你正确，不是因为你努力，不是因为你完全，不是因为你第一，所以你值得；而是因为你是你，所以才存在。

"终有一天，你会爱我的"，这个念头从我心里死亡了，我接受了难免的缺憾与缺失。"终有一天，你会爱我的"，这个念头又从我心里复活了，这一次不是对别人说，而是我对我自己说，我穿过在别人身上层层的爱的迷障看见了自己。

看着石蒜花，总觉得它在说，如果没有"彼岸花"的故事，你还会爱我吗？请你爱我，就爱我是一朵花的样子。

谁说婚姻不孤独

睡前读了疯子的一篇文字,写她的离婚,她写道:没有爱,没有幸福感,没有第三者,因为什么都没有,所以离婚了。

这对于很多人都是无法理解的吧。我很理解。

因为我们需要的是爱,而不是不孤独;因为我们需要的是爱,而不是保障。

婚姻可以解决什么问题呢?

婚姻可以解决孤独吗?

婚姻可以提供保障吗?

小时候总是以为,跟一个人要好,就是为了一直在一起,在一起互相倚伴,在一起互相温暖,在一起不再孤独。后来才懂得越是亲密关系,越需要独立空间。有许多人在生命里出现,都不是为了相伴,他们只是为了温暖我们照亮我们，好让我们有足够的勇气面对自己孤独的人生。

不论爱情、友情，任何的感情都不能解决孤独，只是使我们安于孤独。而恰恰是因为感情，才最是寂寞。当你爱一个人的时候，才最是寂寞。

生命丰载，深处寂寥；感情厚沃，最是寂寞。爱一个人，要耐得住寂寞。而热爱自己的人生，更是要耐得住寂寞。

若说人与人之间的情感还需要靠保障才能存在，那真是情感最大的耻辱了。婚姻真的不是人生的必需品，也不是幸福的必需品。

所以，我从来不过结婚纪念日，这事没什么好纪念的。我只过恋爱纪念日，每过一次都会倍加珍惜。

就像我喜欢画那些春日里稍纵即逝的花。人生中的美好从来不是站牌，到了就到了。它们才不会呆板静止一成不变。它们是车窗外的浮光掠影，摇摇摆摆飞驰向前才会短暂拥有。

所以，美好的日子，正是因为不稳定、不持续、不静止、不一成不变，才会值得纪念。

而它们在当下都面目模糊，唯有时间才使得它们清晰呈现。

没爱过的会永生，
爱过的才会死去

"你真的爱过吗？"

6月在北京，菲朵问我和远远。

一整个夏天，这个问题时不时就在夜里敲击着我的耳膜，从6月到7月到8月到9月，以至于我觉得必须得写下点什么。

"你真的爱过吗？"

"不知道。"

菲朵这么问的时候，我直通通地这么答了。

菲朵贴心地说：这个问题真的挺难的，如果担心影响到对方，写进书里的时候可以改改的。

我说：没关系的。

我在这一段12年的感情里，几乎从未能够说出过"我爱你"。让我吐露这一句字眼，是比生孩子还要艰难的事。不论我曾经告白也好，喝醉也好，我最多说出"喜欢"，而"爱"对我来说不是滚烫，而是艰涩。我不知道我该怎样表达出来。

看上去我是个娇柔又温软的人，但事实上我倔强、生涩又不善于表达，在这段关系里，我从未曾掩饰这一点。

我不认为坦诚会伤害爱，或者说坦诚能伤害的那根本就不是爱。

那，我真的爱过吗？

我的他跟我完全不一样，他是个对"爱"毫无障碍、也擅长自如表达的人。倒不是他打动了我，而是我羡慕着他，我羡慕这样无碍的人，渴望靠近。

我曾经无比愚蠢气恼地以他的方式对他说："如果不行，那你亲我！"

我以为这话对他的作用力和对我的作用力是一样的，而他却颇有意味地对我说："我可以在任何时候亲你，这对于我来说，根本不是惩罚。"

惩罚，这个字眼让我愣了一下。表达"爱"以及亲昵，对我来说，是惩罚。是的，惩罚。他比我更早地看明了这一点。

我唯一天然无碍的人，是我的儿子。对我的孩子说爱，拥抱他亲吻他，完全接纳，我似乎是在做着一件我早就在等待着的事情——我要拥抱你、接纳你，我想你是懂爱、能爱、会爱的。

拥抱、亲吻、接纳，我给予着我最想要的；懂爱、能爱、会爱，是我一直不能而一直羡慕的。看起来我像一个特立独行的母亲，对很多事情没有要求，但其实我和那些有各种要求的父母一样，给予的是自己要的，希望孩子成为的是自己一直追求的。看起来我过着自己的人生，却还是难免在一个新的生命上，试图填补与追求。

在我们仨聊着"爱情"的话题时，我突然问了远远和菲朵一个问题：假设世界灭亡了，最后只有你一个人活下来，什么人都没有了，只有你，你还会继续活下去吗？

她们俩有些奇怪我为何会突然提这么一个不切实际的问题，我说：我小时候特别喜欢问这个问题，我问过很多人，他们都说都没有人了，那活着还有什么意思。可我一直都说，我会继续活着，好好活着。

远远有所思考地对我说道：如果一个人就能活得好好的，那还要爱情做什么呢？

这句话又让我愣住了。却又一下子剥开了我。

我终于明白，我为何如此地执着喜欢这个假设。长久以来一直支撑着我的人生，便是这个假设，以及这个假设形成的信念——"就算不靠任何人我都可以活下去""就算没有任何人爱我，我都可以活下去"。

我一直都是这样地活着，哪怕是在恋爱的关系里。

我讨厌谁说要对我负责任,没有任何东西可以保障爱。

我讨厌谁来跟我承诺永远,爱也不需要任何的保障。

我一直都是这样活着,在生了孩子以后更加如此,更加地渴望独立,更加地拒绝依赖。在一个又一个夜晚,我哄睡孩子,开始画画,他有些不能理解我为何突然如此努力。他不知道,我其实是胆怯,胆怯懦弱,胆怯失去"不靠任何人都可以活下去""不需要任何人爱我也要好好活着"的信念。

虽然不理解,他还是支持他不理解的我,帮我关窗,给我端水。我讨厌被感动,当我的心被温软时,我第一反应是愤怒,是的,愤怒。我愤怒地想把这种温柔赶出去,脾气很糟地说:"你可不可以不要管我!"

我绷直了脊背,全副武装地准备迎接那句"你以为谁想管你啊"——对啊,不要管我啊!对啊,丢下我好了!反正我没有任何人都会活得好好的!我心里是这么想的。

他站在门口,停顿了几秒,冲着我的背吼到:"你在说什么胡话呢?我怎么可能不管你呢!我不管你,你怎么办啊!"

我捂着脸痛哭流涕,像孩子一样地号啕大哭。

虽然我从来不说,但他知道我一直都是这样地活着。

在第十个年头,他对我说:"到什么时候你才能相信我会一直跟你在一起呢?"

"可能到死的时候吧。"我看着他的眼睛说,"其实我相信此时此刻你说这句话是真心的,但真的没必要保证将来。"

"可是我很想要对你保证。"

"为什么呢?"

"因为我想,我想要一辈子都跟你在一起。难道你不想吗?"

"我想!所以我不屑于保证,也不要保证!"

我是那个渴望拥抱而一直等不到的孩子,我是那个渴望说爱而一直发不出声音的孩子,我是那个渴望被接纳而一直不能的孩子,因为渴望太深而得不到,于是我告诫自己不需要。

我的倔强把我与这个世界隔绝开来,我知道这个倔强就是那个"假设",从某种程度上来说,在我的意识里,我一直都是独自活着的人。

而我的儿子活出了我内心深处的另一番景象——我对爱的深刻渴望。

"你真的爱过吗?"

"不知道。"

我不知道什么是爱,我不知道我有没有爱过。但我羡慕那些爱过的人,也想回归到爱里去。没有任何人爱我我都可以好好活着,那为什么还要爱呢?

星宝睡觉前,拿起《活了100万次的猫》让我给他讲故事。

有一只活了100万次的猫，它死了100万次，又活了100万次。有一百万个人疼爱过这只猫，也有一百万个人在这只猫死的时候，为他哭泣，但是，这只猫却从未掉过一滴眼泪。他曾是国王的猫、水手的猫、小偷的猫、孤独老婆婆的猫、小女孩的猫……终于有一天，它不是任何人的猫了，它成了自己的主人，它最喜欢自己了。有许多的猫喜欢它讨好它，但它最喜欢的还是自己。直到有一天，它爱上了一只白猫，猫喜欢白猫胜过喜欢自己，它希望能和白猫永远永远地生活在一起。后来，白猫死了，猫第一次哭了，整整哭了一百万次，然后在白猫身旁死去了。这一次，猫再也没有活过来。

星宝听完，问道："妈妈，为什么这次它没有活过来呢？"
我合上书，亲一下星宝的额头说："因为它爱过了。"
"为什么爱过了就会死呢？"
"没有爱过的，会一直活着，爱过的才会死去。因为死，是一份礼物。"

没有任何人爱我我都可以活下去，那为什么还要爱呢？
明明人都是要死的，为什么还要用力活着呢？
也许爱，也是一种向死而生吧。
死，是生的礼物。而爱，是死亡给我们的馈赠。

只是不愿做"爱"的顺民

有一位朋友说我写的《没爱过的会永生,爱过的才会死去》,让她在深夜里看到号啕大哭。

看世界会有许多不同的角度,可对爱的共鸣原来我们心底都是一样的。但我想,我们也同样有一样的误区,那便是我们所谓对"爱"的恐惧。我们都认为我们对"爱"的恐惧与怜惜是因为会失去"爱",可我心里总有一个声音告诉我:不,不,爱是不会失去的,会失去的那根本不是爱。

"我们对爱的恐惧来源于我们对死亡的恐惧"。

既然我并不恐惧爱的失去,那我恐惧的是什么呢?我在心里反复地念叨"就算没有人爱我,我也会好好活着",我试图追索这句话到底在对抗着什么。直到有一天,一段对话从我的心底浮现出来:

"不听话,我就不爱你了。"

"那就不要爱我好了。"

"你会失去爱。"

"就算没有人爱我，我也会好好活着！"

我终于明白我在对抗着什么，我在对抗的不是"失去"，而是以"爱"为名的控制。什么是死亡呢？不是死去，而是即使活着也无法鲜活。我对死亡的恐惧是不能顺畅地按自己的姿态活着，我对"爱"的恐惧是以爱的温柔名义试图让我成为"爱"的顺民。如果"爱"是驯服，如果"爱"是控制，如果"爱"是纠葛，如果"爱"是失去成为自己，那不要爱我好了；如果这些就是"爱"，那"爱"对我来说就是死亡，就算没有任何人的爱，我也会好好地活下去。

我被许多人"爱"过。

听过许多人对我说："他（她）对你多好啊。"这句话背后没有吐露的另一半是：他（她）对你多好啊，你怎么能不感动呢？你怎么能不动容，去满足他（她）的心意呢？你这样无动于衷，对得起他（她）对你的好吗？

我很想对我的人生确定一件事，我想确定我活得正直、真诚，只是因为我爱我自己所以我要这样地活着，而不是因为这样活着才值得得到他人的爱。

有一个人曾经对我说："我以为像你这样的女生拒绝人的时候是应该说对不起的。"

每当听到这句话，我总会情不自禁地想，像我这样的女生你以为是哪一种呢？善良？软弱？不忍心拒绝别人的情感，不可以辜负别人的期望，否则就会失去那张"好人"的面孔，不值得被爱了吗？

我拒绝人从不说对不起。

我问他："说对不起你会好过吗？"

他愣了一下，说："不会。"

我说："是啊，说对不起你并不会好过，说对不起只是让我好过，可我并不想让自己好过。"

我们为什么需要那句"对不起"，需要那张"好人"的面孔呢？是为了我们自己好过，还是为了我们在面子上"好过"，或是让他人在谈论我们时会好过一点呢？以此证明，看，我如此善良，才值得被爱，而你也没有爱错。

若是如此，才是"爱"，那我宁可做"爱"的罪人好了。

我绷直着脊背活着，不是恐惧失去"爱"，而是不想给人以"爱"为名控制我的权利。对不对我好是你的自由，但对我好不表示可以令我屈从，爱不爱我是你的自由，但"爱"我不能令我去满足你的期待。

我相信我心底的声音：爱是不会失去的，爱是不会让人恐惧的，爱是不会威胁我成为它的顺民的。

我，只是不愿做"爱"的顺民。

这样的我，还要爱吗？

谁不能说，我是以一种远离"爱"的方式，而更靠近了爱呢；谁又不能说，我是以一种藐视"爱"的方式，而更敬重了爱呢？

爱，
是让你成为没有我也很好的人

离开家整整一个星期了，每天都会收到老公发给我的星宝的照片、小视频。星宝吃早餐，星宝放学，星宝睡觉……一切就像我没离开一样，星宝每天自得其乐。

在照片里，父子两人笑嘻嘻的，老公说："今天又是大太阳，我们又要出门去玩了。"

没有我，一切都还是那么好。

我从床上起身，拉开帘子，看着门外绿树成荫，阳光明媚，喃喃道：我在这里也很好。

中间有一天，我忍不住问了问老公："星宝有没有问我什么？"

其实我想问的是：星宝有想我吗。

可想想，还是忍住了。

星宝两岁时被父母带回老家走亲戚，第一次跟我分开。晚上打

150//

电话给他时，玩得正开心的他，听到我在电话里问："星宝，想不想妈妈呀？"

"哇——"他立马就在电话那头大哭了起来，哭得我心里生疼生疼的。从那次以后，我再也不问星宝"你想妈妈吗"。

要是星宝说"妈妈我想你了"，我就会跟他拉杂日常："妈妈今天看见一个蘑菇房子，就像你学校的蘑菇房子一样，你总是钻进去玩，我都找不到你。你今天钻了吗？今天开不开心，玩得好不好啊？"

我希望他能感觉到，妈妈在离开你的日子里，是珍惜着也快乐着，希望星宝在离开妈妈的日子里，也要是珍惜着而快乐着的。

自从有了你以后，每一个不在你身边的时刻，我都会格外珍惜，不敢浪费。我在途中，尽情享受，全然投入，我要让你不在我身边的每一刻都是闪光的。

在一起的日子足够地浓，在分别的日子就轻巧些吧。

我希望你不必背负包袱。在爱里，你的肩膀应该是轻松的，自然的。你应该习惯爱不是负担，那样有一天当你感受到沉重时，你就会知道，不，那不是爱，那只是以爱为名的幻象。

真正的爱，不是让你成为没有我就不好的人，真正的爱是你有我很好，你没有我也要很好。

亲爱的孩子，因为想念，我希望你安宁满足，在有我和没有我的时候都如此，你不需要通过你的眼泪，来满足我的匮乏，来证明这个世界不能没有我。

  我爱你，因为足够地爱你，这爱是在你心中建立起稳定牢靠的信念，它会温柔地点亮你，长久地照耀你。

  我爱你，这爱是不会让你成为没有我就不好的人。

做一个
心安理得的被爱者

跟星宝一起吃小星星饼,只剩最后一个了。我递给星宝:"只剩最后一个了,你吃吧。"

星宝看着我:"你吃吧。""你不是很喜欢吃吗?""你肚子里有小宝宝,让小宝宝多吃一个吧。"我摸摸星宝的头,笑着把小星星饼吃下去了。

吃着小星星饼的我,感到心里温暖、轻松而且愉悦。这是我过去在接受别人好意时,并不曾有的松弛。

一直以来,我都不是一个心安理得可以接受别人馈赠的人。

从小我所得到的教育就是,得到他人的付出,一定要加倍地回赠回去。每当平白接受他人的好意与馈赠,总觉得是一件有所愧疚的事情,如果无法回馈,似乎会受到罪责。

我的母亲与父亲都是如此,他们一直都是竭尽所能的付出者,哪怕在爱里也是一样的。我们都习惯了,做那个"付出更多,看起来更爱"的人。

然而,"一味地付出"真的是善与爱吗?我有些怀疑。

也许这只是一种"让你欠我的,好过我欠你的"的内在平衡。而我们为什么需要这种平衡呢?因为我们害怕面对自己其实无法全然付出的羸弱。

我们惯性以为施予者比接受者更高人一等。于是,我们希望借由一直在关系里充当一个付出者、助人者来维系这种平衡的幻觉。

事实上,我们需要靠"一味地付出"来维持表面的"强",恰恰是因为我们内心的"弱"。我们不敢去全然地接受别人的赠予与好意,实质是我们无法全然地去付出和给予。爱是不会在这样虚妄的关系中流通的,除非我们可以全然地去接纳和给予。

真正的接受者和付出者应该是平等的、双向的,流动的也是平衡的。不平衡禁锢的只是我们自己的内心罢了。

一直以来,我都无法做一个心安理得被喜爱的人,我总是惯性地愧疚与罪责,既觉得自己配不上,也觉得自己无法回馈。我向往爱,希望自己是一个爱的付出者,我觉得做一个爱的付出者是高尚的,却发现这种"高尚的爱"在自己的身体里是僵化的。

我向往爱,可到头来发现我既不敢去全然地接受爱,也不能去全然地付出爱。

直到我终于明白,对待那些满怀爱意的付出,我只需要满怀爱意地接受。我毫不推辞吃下星宝给我的小星星饼,诚恳而谦恭地接纳星宝的爱。当我能够心安松弛地做一个接受者的时候,我同时就已经是一个诚心愉悦的付出者。

// 155

这个世界上
并没有另一个你

星宝窝到我身边来,扭扭捏捏地说:"妈妈,妈妈,呜,呜,我现在只有三岁,我是三岁的小宝宝。"

在刚知道我怀孕那天,星宝也装了一会儿小宝宝,他钻到我衣服里,让我又把他"生"出来一次。可是这次,有点不一样。

我抱着佯装"三岁"的星宝,问他:"你为什么想要当三岁的小宝宝呢?"

"因为我三岁的时候最可爱啊,爹爹家家说我三岁的时候最乖。"星宝爬起来看着我说。

"星宝现在也很乖啊,妈妈觉得星宝一岁两岁三岁四岁五岁六岁,每一岁都很乖。"

"我三岁的时候比现在听话呀。"

"可是六岁的星宝更有力量,会做的事情也更多了呀。"

星宝站起来想一想,笑起来:"还可以保护妈妈!"

"是啊,所以现在的你一样很棒啊。"

星宝,这一切妈妈都太熟悉了。

妈妈是独生女,总是被拿来与"过去的自己"作比较:"小时候比现在听话多了""以前多乖啊,现在尽是讨人嫌""没跟他在一起以前,你多听话啊"……而我们还将有一个小宝宝,所以妈妈特别想要告诉你:这个世界上并没有另一个你,你是独一无二的存在,也是唯一。

过去我也认为这个世界上有两个我,一个惹人爱的我,一个讨人厌的我。那个惹人爱的我总是过去式的,她从不长大,从不哭泣,从

不发表意见，只是一直待在父母的记忆里，她很完美，而长大的我却随着年岁的成长不断地累积着缺点。

　　有一段日子我深深地陷在这种感受里，觉得过去的"我"无限美好，而当下的我越看越面目可憎。这是一种怎样的感觉呢？生命里永远有一个如影随形的竞争对手，我羡慕她，我嫉妒她，我想要成为她，我无法阻止地长大，长得越来越不让人喜欢，我从她那里来却一天一天更腐朽，这是一场荒唐的竞争，跟自己的竞争，永远也不会赢，而且每一天都在输。每一天我都在离自己更加遥远。

每当有人喜欢我，我总是不由自主地变得紧张，我唯恐他们会看见那个讨人厌的我，我揣摩他们眼中那个惹人爱的我，就像你此刻一样，试图去佯装成另一个"我"。我们都想把那个讨人厌的我抹去，只留下那个惹人爱的我，但这种努力不管怎样都让人气馁。控制我们的是恐惧，是害怕失去爱的恐惧。

不要害怕，爱不会从恐惧中来，也不会到恐惧中去。我的儿子，请始终爱你自己，不要排斥自己，不要割裂自己，不要构建那个隐形的竞争对手，不要在自我的内部制造战争。生命是尽情体验，我们不该也不需要只盯着自己的缺点，执着于缺憾，忘记活着。拥抱你自己，就像我拥抱你。每一面的自己都是自己，每个阶段的自己都是自己，缺点本身就是优点，而我，是因为生了你才懂得这一切。

看，这就是爱。我对你的爱唤醒了我对"我"的爱，你从我这里来，但"我"又从你那里来。就像爱从我到你，爱从你到我，爱是流动的也是坚实的，而不是试探怀疑，时刻守着自己的匮乏局促不安。爱是信心也是信任，任何时候我都不会用恐惧去试探你，去束缚你，因为我也不希望你那样对自己。

妈妈永远不会对你说"星宝小时候比现在乖"，妈妈只会对你说："星宝小时候很憨很乖，现在的星宝有一股子机灵劲，很可爱。"

160//

//161

星宝的三滴眼泪

星宝最近掉了三滴泪。

第一滴泪是星宝摸着妈妈的肚子,说"我只是眼睛有一点热"。

第二滴泪是星宝看见妈妈在喂奶,走过来亲了妈妈一口,"看见你在喂奶,我就想亲亲你"。以为星宝是看见妈妈在喂奶,在一旁有点寂寞,我跟星宝说:"你小时候也是这样吃妈妈的奶哦。"

星宝低低地说:"可是我不记得了。"

话一落,又继续说:"我那时候还没有觉醒,我现在觉醒了,所以就不记得了。"

哦,觉醒啊。我很惊讶你用了这么一个词。正在想着,抬头看你抹了下眼角。

我一下不知说什么好,只得说:"妈妈亲亲星宝吧。"

亲了你,你又欢快起来,坐到我身边,摸着小宝宝的头说:"小宝宝现在什么都不知道,他连吃奶都不知道,他连知道都不知道。"

是啊。当你身处其中时,你不知道;当你知道了,却又已经不在其中也不再记得了。

星宝是体会到这个,所以流了眼泪吧。

第三滴泪是星宝和弟弟躺在床上玩,星宝爱昵地抱着星贝亲:"好可爱!好想永远和你在一起啊,可是我会比你早死……"才说着就抹了一滴泪……

我听了心里一惊:"胡说!你怎么可能早死!"

"我比小宝宝多活了几年啊,不是就会比他早死几年吗……"

我正想说寿命长短又不是固定的,忽然觉得不妥,只得说:"好好吃饭好好睡觉,就会活得比较久,你和小宝宝会一直在一起的!"

"是吗?"

1641

"当然，你和小宝宝会一直在一起的！"

每当这时候妈妈就觉得自己很木讷，也许说什么都很多余吧。

除了拥抱和亲亲。

少年不知愁滋味，谁说少年不知愁呢。你对生命有深情，自然有眷恋不舍，也自然生出痴与愁。

情深自生愁绪，只是没想到，这愁的体味，来得这么早。还好，你也还小，很快也就过了，可妈妈一瞬间似乎看见了少年的你，以后你还会这样地惜念童年，惜念青春，惜念你正在惜念的这一刻吧。

星宝的这三滴泪，是小小身体里第一次体味着的甜蜜的哀愁呢。这愁的体味现在很短很细，有好吃的有好玩的一瞬就可以过去，以前你只知道哭与笑，甜与苦，以后你的情绪你的体味还会更加地绵长和复杂起来呢，只要你仍然对生命有一份深情。

以后妈妈应该会有更多的感到不知道该说些什么的时候，即使我看见你感受你，我还是只能看着你独自去经历着，即使再爱，我们还是得独自完成自己的人生。想到这里，妈妈还是希望你是一个深情的人，不必为了回避疼痛而躲开爱。

一切并不
"都是我的错"

星宝:"妈妈,爸爸刚才生气了。"
我:"哦,是因为你打扰他了吗?"
星宝:"不是,是他自己没做好,我跟他说话他就生气了。"
我:"那你下次遇到这种情况就不跟他说话嘛。"
星宝:"这是不是爸爸没有界限嘛!其实根本不关我的事。"

听到星宝说出"界限"这两个字,我愣了一下。是啊,那是爸爸的情绪,不是你的责任。孩子的领悟力真是惊人,妈妈花了这么多年才理解到的,你这么快就懂了。

那一年我跟朋友走在校园的湖边,一路走着我一边讲着逗趣的笑话,我讲得很用心,可我的朋友好像还是有点不开心,我问道:"不好笑吗?"她停下来,跟我说:"其实我现在想静一静,你可不可以不说话了。"

"我想让你开心一点。"

"为什么每时每刻都要开心,难道你不觉得很累吗?"

我有点尴尬。这是她第一次跟我讲这样的话,也是别人第一次跟我讲这样的话。我看着她的背影缄默向前,想着:是啊,其实一直找话讲的我也挺辛苦的,而她听得也很辛苦吧,为什么我要一直找话说呢。

怀着这个疑问,我快走两三步,并在她身边,我们俩都不再说话,可是好像也没有我想象的那么尴尬。

那是我第一次认真地想,我为什么要一直找话讲,为什么要看起来热热闹闹,为什么要看起来开开心心,为什么我害怕冷场,为什么我害怕周围的人不开心。

因为我觉得"一切都是我的错"。

我觉得家人吵架,是我的错;我觉得我们之间出了问题,是我的错;我觉得她(他)不开心,是我的错……其实,我并未真正关心我的朋友为什么不开心,我并未真正站在她的角度去想去看,"一切都是我的错",看起来好像是承担,事实上我只是拘在"自我"的困局里:大家都要开心,因为你们不开心,会让我觉得我错。

而我自己,也一直在"卖力"地开心,"卖力"地幸福。

是到哪一天,我可以自如地跟我的孩子说:"妈妈累了,情绪不好,不过这跟你没有关系,我只是想自己待一会儿。"

这是一种真正的"开心"——我想不开心就不必开心;这是一种真正的放松——在你面前,我想不开心就不必开心,既不必担心你背包袱,我也不背包袱。真正的亲密,是我们在一个空间,可以各享孤独,不必卖力热络。

是的。我们,都不必卖力。

过去的每一个新年,我与我的父母都很卖力地开心,卖力地幸福。那是我们对内与对外的惯性,我们卖力地热络,卖力地完美。

星宝,很开心在这个新年交际之时听到你说出"界限",很开心你懂得了,别人有情绪,哪怕是别人对我们有情绪,都未必是我们的责任,那也许是他没有处理好和自己的关系,我们不需要为此背负"包袱"。你说出这句话让我放松更让我感动,让我知道我不必在你面前卖力做个完美妈妈,我是个有情绪有血肉的妈妈,但是你会知道,我有情绪,我会疲惫,不是你的责任,不是你的错。

我希望我们有真实的关系,而不是完美的关系。新一年,是新与旧的交界,愿我们都看清边界,放下包袱,活得鲜活,放下"一切都是我的错",真正找到属于自己的责任。

你的心里，
有开心的窍门

星宝："妈妈，我今天把我的迷宫书带到学校，小朋友们都喜欢。"

妈妈："你跟他们一起玩了迷宫吗？"

星宝："嗯！他们还想要我的书。"

妈妈："哦。"

星宝："可是我不能给他们啊，因为这是新书，我很喜欢。他们就拿东西要来跟我换。"

妈妈："那你换了没有啊？"

星宝："没有。"

妈妈："为什么呀？"

星宝："因为我这是新书，他们拿来换的东西都配不上我的书。"

听完我笑了，同时有点吃惊。我在这个年纪还不会这样处理问题呢，我那时会怎么做呢，担心同学不高兴，而勉为其难答应别人吧。

面对这种问题也时常为难的我,无法告诉儿子应该怎样做,不过,诚实地的说出自己的想法,总归比我做得要好得多。

　　吃过晚饭在园子里散步,星宝听到小朋友在树丛里嬉闹的声音,说:"妈妈,我想过去跟他们一起玩。"
　　"好呀。"
　　"那你就在滑梯这里等我。"说完他就朝着树丛那边跑去。
　　隔着一片绿,听到星宝的声音说:"我可以和你们一起玩吗?"
　　过一会又听到他说:"我可以和你们一起玩吗?"
　　"可以!"
　　我左右看了看,这些大一点的男孩周围都没有父母,于是我也没有出去,索性自己也在一边做些简单的运动。
　　星宝很快融入其中,跟着他们蹿上跳下。这些哥哥们相互之间都很熟悉,应该是同班同学,星宝在其中跟着他们跑,小脸红扑扑,努力地融入着他们的对战游戏。
　　天色暗一些,这些男生的妈妈们也陆续出来,坐在花台边聊天,一个妈妈与我之前见过,跟我打了个招呼,便坐下来拉家常。我不擅长聊这些,所以即使她跟我搭话两句,我也始终未融入进去。
　　我看着已经跟哥哥们玩成一片的星宝,心里暗暗地想,在这方面,我真是不如儿子啊。
　　我在暮色里发着呆,忽然听到那位妈妈喊道:"哎呀,星宝你怎么啦?"

我隔着池子看着星宝，看他忍着泪，绷紧脸，气呼呼地立在那里。

"他们把他的鞋子丢到垃圾桶啦！"一个男孩尖声地笑说道。

我和妈妈们立马看向星宝的脚，鞋子正穿在脚上。

"哎呀，捡回来了嘛！星宝，捡回来就算了。哦哟，看，你儿子脾气还大得很呢。"那位妈妈的眼睛点到星宝最后又落到我身上。

我没有搭话，径直走到星宝面前去，弯下腰问星宝："星宝，告诉妈妈，发生什么了？"

星宝的脸绷得紧紧的，看起来很生气。

我说："是不是他们把你的鞋子丢到垃圾桶了。"

我刚说完这句话，那位妈妈立马站到一旁说："捡回来就不生气了！这么小脾气这么大可不行啊！……"

身后响起几位妈妈的呵斥声："干吗丢他的鞋子啊！"

"去说个对不起就完了嘛！"

"那么容易生气，就不要惹他嘛。"

……

星宝红着眼冲口而出："他们还笑我！"

话音刚落，眼泪就吧嗒落了下来。乱糟糟的现场煽动着我的情绪，我想安静和星宝说说话，我拉着星宝的手说："走吧。"

星宝挣脱我的手，冲过去对着那个带头的男孩，"啪"一声结结实实一巴掌打在他的手臂上。这一巴掌，把整个人群点燃了，"哎，打人可不对啊！"

"小小年纪,脾气这么大!这可要好好收拾一下。"

"他们丢了你的鞋子,你也不能打哥哥啊,打人是不对的!"

……

每当在人群中的这种时刻,我总是无所适从,我看着我的儿子,他一定更加无所适从。我知道,只要这时我也大声地跟着"教训""训斥"甚至是"打"我的儿子,就可以缓解我在人群里的尴尬,可我不想做出一场"我很会教育孩子"的表演。我走过去捏着星宝的手,对星宝说:"我们回家。"

星宝甩开我的手:"我不回去!"然后跑走了。

我跟着他,他跑到一个僻静处坐着,也不理我。

我远远对着他的后背说:"星宝,回家了。"

"我不回去!"

"你确定吗?"

"我确定!"

"好。"

我在树丛这边也安静下来,看着小小的他在树丛的另一边。从来,我都不知道遇到这样的事该怎么办,我也不知道该教我的儿子怎么办。既然不知道怎么做,那就什么也不做吧,我这么想着。妈妈是女人,妈妈可以哑口无言,妈妈可以退避回让,可是作为一个男人,你将会时常面对这样的情况吧。儿子,也许你会找到属于男人的解决方法。

我想着想着,一抬头,星宝坐的地方空了。

我惊了，沿着回家的路跑，在前方深蓝的夜色中，看见星宝小小的身影走在回家的方向。我追上去，牵起星宝的手。

星宝满脸泪痕地看着我，他一定吓到了。

"妈妈一直在你旁边呢。"我捏着星宝的手说。"妈妈不能失去你啊，你看，妈妈的手，你刚才生气时用指甲抓伤的。"

星宝眼睛红红地看着我，我继续说："你生气时抓伤妈妈，妈妈很难过啊，可是找不到星宝，妈妈更难过啊。"我抱着星宝。

"他们丢了你的鞋子是吗？"星宝点点头。

"你是不是觉得他们做错了，你不喜欢他们这么做是吗？"星宝点点头。

"他们是不是丢了你的鞋子，还笑话你？"星宝扁扁嘴，点点头。

"他们做错了，可是他们现在已经回家了，现在正在家里躺在沙发上一边开心地吃东西一边看电视。可是星宝呢，在外面，夜都黑了，一直在哭，你是不是很害怕？"星宝点点头。

"所以你觉得划算吗？他们做错了，可是你在拿他们的错误惩罚你自己。"

"妈妈，我听不懂你的话。"星宝哭着说。

"这个确实很难懂，可是你喜欢现在这样的结果吗？"星宝摇摇头。其实我也不知道该说些什么，似乎我应该教星宝怎么办，但我也不知道该怎么办，"星宝，他们这么做，你觉得不开心，可以说出来试试看，你下次可以告诉他们：你们这样做是不对的，我不喜欢你们这样。"

星宝点点头。

"至少，可能比现在这样的结果，会让自己舒服一点吧。"

在躺下去睡觉的时候，星宝喊住我，"妈妈，我原谅他们了。"

我走过去抱着星宝，心里默默地说，宝贝，你可以不原谅。妈妈从小就被教育"原谅"是正确的做法，但我不想告诉你什么是正确的，因为妈妈一直很正确，但却并不比你真诚。我拥抱着你说："原谅别人很不容易呢，星宝做了一件很不容易的事。"

我希望你选择原谅，不是因为这样是"正确"的，而是这样做是让你舒坦的。我忍不住亲亲你的小脸蛋，你微笑地躺下去睡了。

星宝："妈妈，我把我的迷宫书跟小朋友交换了。"

妈妈："啊，是吗？"

星宝："是啊，他们用迷宫书跟我交换，我就交换了呀。而且我用我的两本迷宫书换了一本。"

妈妈："为什么呀？"

星宝："因为这本迷宫书里面有贴纸，我的没有贴纸，我就用两本换了一本。"

吃过晚饭，星宝说："妈妈，我想去找他们玩。"

"你还想去跟他们玩吗？"

"嗯。"

临出门，星宝抱着用两本书换来的一本书。

"你要带着你的迷宫书去跟哥哥们分享吗?"我问道。

"嗯!"星宝有些期待地抱着书出门了。

走在星宝后面,我默默地想,哥哥们的年纪应该已经不喜欢贴纸了。可我没有说。

到了那一片园区,哥哥们果然依旧在那里玩,星宝高兴地跑过去,大声地说:"对不起,我来晚了。"

哥哥们顿了一下看了星宝一眼。

"看!这是迷宫书,里面有贴纸哦!"星宝高兴地举着书。

我在那群妈妈旁找了个空位,坐在一边。刚坐下,星宝跑过来,把书放在我手上。

"用不着迷宫书了吗?"

"哥哥们不喜欢,你先帮我拿着。"跟我交代完,星宝就跑出去了。

那位妈妈看着,笑盈盈凑过来说:"昨天回家你收拾他了吧?"

我没有答话。

"你没有打他啊?你没有收拾他吗?"我不知道怎么回答这一串问题,只是微笑表示听到了,她见状声音抬高一点,"你没打他啊!哎哟,你还真是有耐性啊。"

"没耐性怎么当妈妈呢。"我回道。

"你那儿子脾气可不小,你居然也不教训他啊。你真的不打他吗?你还是要收拾收拾他的吧?……"她依然追问着,好像要一直问到我给她一个肯定的答复。

可是我不想回答这个问题,不想说:不,我不想忽视我儿子的感受;不想说:不,我不想为了满足别人为了维护自己而伤害儿子;不想说:不,我没有打他……对此可能引发的一连串问题我没有什么耐性,于是,我转过头,郑重地看着她说:"不好意思,我不想谈这个话题。"

她讪讪地怔住了,把衣服搭在胳膊上起身,招呼着自己儿子道:"走,回家了。"

我仰头看看深蓝的天,舒快地吸了一口气。不挤压自己,诚实地讲出自己的感受,比在心里愤愤舒坦通透多了。

天黑了,儿子笑盈盈地跑过来说:"妈妈,我们回家啦。"然后拿过我手中的迷宫书,抱在怀里。

"今天玩得开心吗?"

"嗯。"星宝伸出手来,满足地牵着我的。

我们走在回家的方向,路灯把我们的影子拉得很长。看着地上的影子,都感到星宝是开心的。星宝,生活不会每一天都这么开心,妈妈也没有什么开心的办法和技巧可以给你套用,但真诚面对自己的感觉,会比较容易找到让自己开心的窍门吧。

有时难免会忘记，
因为有爱，总会记起来的

星宝爬上床，正要盖上被子，对我说："妈妈，以后你也会吼小宝宝吗？"

一句话，问得我不知如何回答才好。

我迟疑了半天，才说："可能还是会吧，那你呢？小宝宝长大了，你会吼他吗？"

"我不想吼他。如果他以后长大了做错事，做坏事，我们先控制着，不要吼他嘛。"

"好啊。"

"不过我们有时候肯定会忘记，但是记着就好了。"

"好的。如果我忘了，你提醒我；如果你忘了，我提醒你。"

"嗯。小宝宝一岁两岁三岁都不会被吼，要长到四岁五岁六岁才会被吼的。"星宝躺下来，盖着被子说着。

我不禁笑起来："你记得自己一岁两岁三岁都没有被吼吗？"

星宝点点头，脸上裹着一丝安心和惆怅窝进被子里。

看着你闭上眼睛，我的微笑也落下来。星宝是不是曾经在某个难过的时候在心里想：以后我长大了，不要让孩子这样难过。星宝这一刻是不是在心里想：我可以有力量不让小宝宝去承受我感受过的难过。

星宝，妈妈曾经也这么想过。

想过如果长大了，我不要再传递我感受过的难过；想过如果长大了，我要有力量去改变一些事情。

是的，有时候难免会忘记。

谢谢你，星宝，谢谢你提醒我记起这些。

谢谢你，我亲爱的儿子，我知道你在说这些的时候也在理解我，原谅我有时候忘记，宽慰我还能记着就好了。

一岁两岁三岁，原来人一生全然被接纳的时间只是这么多。

真开心你记得，你有被全然地接纳过。

真开心你有能力去化解你承受的难过，并不把它传递出去。

谢谢你能体会到妈妈有时其实是无能的、无力的，是我无法去面对某些部分，而把它带给了你；是我不够有力量去化解某些部分，而把它传递给了你。

我不知道怎样做一个好妈妈，我只是希望在星宝的面前足够真诚。

我是一个带着问题而来的妈妈，并不能解决全部的问题，我无法带给你一份完美，我只能把我的无力、我的窘窘、我的努力、我努力而依然有所不足的地方都坦诚给你看。

看，连妈妈都是如此呢。

你一定会有力量去改变一些事情，你也一定会遇到局限。要去相信，但也不要勉强，即使自己无法承担所有，记得你接纳过这样无法承担所有的妈妈，那你也要接纳这样无法承担所有的自己。

问题永远会传递下去，也别担心有时难免会忘记，因为有爱，我们总会记起来的。

对父母最大的爱，就是让自己幸福

第二个孩子出生的这一年，我们家每一个人都在经历一场内心的震荡。星宝在习惯有个弟弟，我的老公在学习花更多的精力到家庭中来，而我，这一年很多时间我变得不可理喻，感觉身体里有好多黑暗的东西汩汩地往外冒。

我很想使坏，很想推翻，"如果我要拥抱我的生活，我得先使得我的生活抵达破碎那一步"，就是怀着这样的心情，很多深层的问题终于被释放。

有一天我们夫妻俩一起收拾我的画室，自孩子出生以后，好长日子我都没办法进来这个空间，荒了一段时间，我的画我的笔我的工具落了一层灰。一边收拾我一边感叹：原来我竟有这么多东西。

"想想以前我们住进来时，还觉得这个屋子太大填不满它，结果这一画起画来，两下子这屋子就被你给填满了。"

"看起来很富有，其实这也是一种荒芜。老是想去填满，是因为真的很空。"我一边抹着灰一边说。

老公停下手来，看着我说："所以我就是特别佩服你，你这人境界就是特别高。"

我愣了愣。

想想要是换了我是他，他是我，这会儿我一定在抱怨，一边手不停一边嘴不停数落他不收拾，数落他丢三落四。我总是在批评他，而他总是欣赏我。

那一刻我感觉自己被治愈了。这段日子我在干什么呢？我好像一个叛逆的小孩，在释放自己所有的坏，所有的糟糕，看，我这么坏，我这么糟，你还爱我吗？你真的爱我吗？这样你还要和我在一起吗？

做了那么多年乖小孩，我才发觉我内心深处讨厌透了"我乖所以你喜欢我""我听话所以我被爱"，在这个最亲近的人面前，我对于爱的逆反无法掩饰。

小时候有一日翻书，看到一页上写，生在婚姻幸福的家庭的小孩，将来婚姻幸福的概率是90%，而我做了一堆选项下来，像我这样的小孩，将来婚姻幸福的概率是25%。

啊，为什么？我的人生就这样被决定了吗？因为父母不足够相爱，所以我也不能过得幸福吗。当时我第一念头这么想着，感到有点不公，但转念又想，不是还有25%的希望吗？我的未来又没有被判死刑。

从那一天起，我在为那25%的概率而努力。父母没有教会我爱，但是我可以有很多的途径去学习爱。

我学习了很多关于爱的道理，但在爱之中我还是处不好关系。我忍不住批评，我忍不住挑剔，我忍不住刻薄。我知道妈妈老是贬损爸爸是不对的，我知道在婚姻里我们应该彼此欣赏，但，我知道，我就是做不到。

我的理智知道我该怎么做，但是我的嘴、我的手、我的言谈举止好像被设置了一个程序。我的头脑懂得爱，我的心并不懂得。

看过一段关于婚姻关系的演讲，其中问道："父母不幸福，那么作为孩子，敢幸福吗？"就好像出生在小偷家族的警察，就好像出生在警察世家的小偷，这不是对与错的问题，而是跟父母不同，就意味着一种对"爱"的背叛。

我们敢于爱而去背叛爱吗？

我很喜欢纪伯伦在《论爱》里对于爱的阐述：

> 他（爱）将你像谷穗一样捆扎起来。
> 他（爱）舂打你使你胸怀坦荡。
> 他（爱）筛分你使你摆脱无用的外壳。
> 他（爱）碾磨你使你臻于清白。
> 他（爱）揉捏你使你顺服。
> ……所有这些都将是爱对你的所为，以使你知晓你

内心的秘密，而那认知会让你化作生命内在的一部分。

但是倘若你在惧怕中只愿寻求爱的宁和与爱的欢愉，

那么你最好遮掩起你的赤裸逃离爱的谷场，

在没有季候的世界里，你能笑，却不能开怀，你能哭，却不能倾情。

即使再顺遂的婚姻，都会经历许多次触礁。但正是这些触礁的时刻，才使得我们过去成长得不完全的部分得以裸露，得以再次生长完全。

爱会舂打我们，爱会筛分我们，爱会碾磨我们，爱会揉捏我们，爱把我们内心所有的秘密都呈现出来，我们若是惧怕便将永远失去这机会。或者说，我们越是逃避越是因为我们不能释怀过去。

有一句话说"对父母最大的报复，就是让自己不幸福"，当我们守着与父母一样的言行举止以示我们对"爱"的忠诚时，其实我们的内在正潜藏着惩罚父母的心。当我们从内心深处渴望拥抱幸福，愿意接纳改变，正是因为我们在内心深处谅解了父母，也释怀了所有的过往。我们在用我们的行动对父母说：父亲母亲，我爱你们，我爱你们给予我生命，所以我将幸福地度过它，我将用幸福的享有它的方式表达我对你们的爱。

做父母是来不及思考的

星宝：妈妈，我想到一个规则，就是每天你和爸爸给我打分，满分是5颗星……

我：星宝，妈妈现在正在照顾小宝宝，他吵得我完全没有办法思考你说的事，我又不想草率地答应你，晚一点再说好吗？

星宝：妈妈，我们现在可以说那个规则了吗？

我：你说吧。

星宝：就是我想到一个规则，你和爸爸每天给我打分，满分是5颗星，如果我累积了50颗星，我就可以多玩游戏5分钟，如果我累积了100颗星，你和爸爸就给我买一个画画的本子，如果我累积了120颗星的奖励我还没想到，那就以后再说吧。

我：嗯……

星宝：那你和爸爸今天给我打多少分？

爸爸：我给你打5分。

我：我给你打4分。

星宝：好的，那我记下来，5加4。妈妈，那我扣的这一分差在哪里，你告诉我，我就可以做得更好了。

我：我跟你说过如果你看到我正在忙小宝宝的时候，不要跟我说话，因为这个时候我根本听不到你在说什么，而我没有听进你的话你又会一直催促我，我就会更加焦头烂额。如果你换一个时间跟我说话会更好。

星宝：嗯，好的。

我：不过我想跟你说，我不喜欢这个规则。你制定规则的心很好，但这个规则并不好。

如果你让我给你今天和昨天打分，可能都是4分，都不是5分。可是这并不代表你做得不好，事实上，在你这个年纪的小男生，会调皮捣蛋会干点坏事这都很正常，虽然有时让我挺累挺烦恼，但是我很喜欢这样的你，这并不影响我爱你。我并不是觉得你做不到，为了拿到5分也许你会做到非常完美，可我不想用这个5分来控制你。

而至于你说的奖励，如果你是为了奖励，那更加没有必要有这个规则了。如果偶尔你想多玩一会儿游戏，直接跟我说就好了，如果你想要多一个画画的本子，我们也会很乐意买给你。

我希望你是一个有缺点的人，而不是一个满分的机器。你明白我的意思吗。

星宝点点头，似懂非懂地表示懂了。

没关系，孩子，不必理解我现在所说的，我感觉到你想做得更好，想要我们更爱你的心，希望你感觉我一直是爱你的，就行了。

星宝小的时候我看了很多的育儿书，可是这两年什么育儿书都不想看了，就想用心听星宝说话。有时候他在路上说，有点嘈杂，回到家的时候我会再问他一遍：你刚刚说的那句话，我觉得很有意思，但没有听得很清楚，可以再说一遍吗？

我渐渐感到，不管是生孩子，还是养孩子，做父母都是来不及思考的。

尤其在星贝到来以后。一开始他和星宝是那么地相像，随着他逐渐长大，伸手伸脚，展露自己的脾气与个性，他在我心里明晰地活成了另一个全新的模样。他们是长着相像模样的两个截然不同的孩子。

同一对父母生的两个孩子都会如此地不同，何况是不同的父母生下的孩子呢。我怎么能完全依凭别的父母从别的孩子身上得来的经验来面对我的孩子呢。

有人问我，我是依靠着什么来教育孩子的呢？我的脑中一片空白，一边思考着一边做父母，好像总是来不及，更多时候是本能吧，身为母亲的本能。

　　星宝在跟我说着规则的制定，我过去看过的所有的如何与孩子订立规则的理论都在大脑里蒸发了，我只是突然从心里感到：不，孩子，我不想这样。

　　当大人自以为聪明的时候，好像掌握了什么真理的时候，恰恰是他们最枯竭最贫瘠的时候。当我想要使用什么办法的时候，恰恰是我最没有办法的时候，我们已然如此混沌而不自知，你们不要迷信大人的办法。星宝，星贝，我很珍视你们与生俱来的澄澈，你们生来就是有智慧的，鸟儿生来就会驾驭风，昆虫与生俱来就善于自保，绿枝天然就知道向着光明处生长，花朵没有头脑也知道装扮漂亮吸引蝴蝶来到。我们凭什么指点鸟虫鱼兽如何生存，我们凭什么指点树木花草如何生长，我们凭什么指点你们如何过好这一生。我们不应该靠着那些人们脑海中的念头来指导我们的相处，指导我们的人生。

　　你头脑里的念头那么多，有许多是我从没有阅读过的。那些书里有许多的经验有许多的孩子，但是没有你。

　　我很想听你。

　　用心地听，用心地记录，你们与生俱来的念头与声音。

　　有时候，我有一种感觉，当一个母亲，听孩子的声音，不是为了把孩子塑造成什么样子，而是为了记起自己曾经是什么样子的。

我为什么想生孩子

最近那条很火的《为什么女生讨厌生孩子》的评论,我看了,同时也转给老公看了。有人发出不同的声音挺好的,打破一下过去对女性的固有观念,但新声音的启示应该是帮助我们发出自己的声音,而不是继续人云亦云。

没打算就此说什么,我习惯和热闹的话题保持距离,但一个姑娘说想听听我的说法,我就写下我的心路来,提供一个声音以供大家自己思考吧。

我为什么想生孩子。
是的,我是很主动地自己生了两个孩子。自己想生,自己想养。

生第一个孩子的时候我26岁,在周围一圈朋友里算是第一个,那会儿正是《蜗居》最火的时候,大伙关注的焦点还是:你这么漂亮,怎么不找个有钱人?那会儿《裸婚时代》还没来,各种婆婆妈妈的家庭剧还没火起来,那会儿大家拉拉杂杂的焦点还不是婚姻的一地鸡毛,生养孩子的狗血吐槽。

直到我生了孩子,都还有同事问我:你咋没找个有钱人呢?

都不是像今天这样,生个孩子都问你:你咋想不通生个孩子呢?

短短几年,大家的注意力从"女人必须找个有资本的男人依靠"变成了"女人必须靠自己,别让孩子拖后腿"了。

虽然我看起来活得很主流,但其实我的选择都很非主流。大家好奇我的选择,我清楚,并不是因为我的选择看起来多聪明,而是想不通我看着挺机灵一个人,为啥总是犯傻。

多的不说了,就说生第一个孩子那时候吧,生的时候年轻,没什么资本,双方父母都没退休。我们那儿像我们这样的年轻人,都是把孩子留在老家。双方父母也都愿意带,可我坚持把孩子带在身边。

是的,孩子是我自己愿意生,而且我强烈想要自己带孩子。

谁家有我这样"反骨"的孩子呀,就这样,得罪了双方父母。都不同意请阿姨,都不愿意为了孩子跟我们到异地。父母们想着我就是年轻,口气大,带孩子这么艰辛的事,坚持不了多久就会认怂的。

谁也没想到,我就这么一边工作一边把孩子带下来了。

有一段时间,我爸妈想想很心疼,在电话里说:唉,其实想想我们过去不都是这样,一边工作一边带孩子。我知道,爸妈说这话是安慰我,更为了安慰自己。

可我当然没说，在今天这个社会，自己一边工作一边带孩子，比父母那会儿难题多多了。

首先是工作上，家家都是隔代抚养。在事业单位这种群居格外密集的地方，一直宣扬忽略自己的孩子把学生当作自己的孩子，冷落自己的家人而同事之间相亲相爱，舍弃小家为大家为美德。

到了我，倒好！开了一个坚定捍卫自己小家道德败坏的先例。

我的职业形象一落千丈。

虽然整个孕期我只请了一天假，然而年底还是被找谈话，说因为我怀孕影响工作，得扣我一百元钱。旁边那面墙上正贴着工作数据统计表，我看着那张纸说：各项数据我都保持在中等靠前，最后一位还是一位男老师，我怀孕了工作量是有下滑，但依然比一位男老师多，如果因为我怀孕，扣我一点钱让大家都好受，我接受，但如果说我影响了工作，我不服气。

然而不服气又能怎样，怀孕时孩子尚且还在肚子里，我有骨气还可以拼一口气，孩子生出来了，我又想自己带，抬头低头工作上都少不了需要领导同事多通融。

生了孩子，为了自己带，我的傲气锐气都敛了锋芒。

领导问我：就不能把孩子丢给老人吗？你们家老人怎么都不带孩子啊？

我能说什么，我能说孩子是我的，就该我们自己带吗？这话在那个时候说出来，大家只会觉得我疯了。这个世界有你自己带孩子的条件嘛！

同事也没人能理解。同龄的同事都在忙着相亲，前面几个生孩子的前辈都是把孩子留在老家了，都是抱怨老人不愿意帮忙带孩子的，哪有我这样非要自己带孩子把老人们都闲在那儿的。

自己选择的，自己愿意的，自己担着，自己作自己受，还能怎么的。

另一方面是家庭。生完孩子老公安抚我说：你安心养好身体，以后我就负责养家照顾你，你就负责照顾孩子就行了。一番挺温情的心意在我这儿碰了钉子：你这话有问题，我过完产假也要工作啊，我们一起养家，孩子是我们俩共同的，你也必须跟我一起照顾。

刚一开始当然没问题啊。时间长了，别人家老人带孩子，老公游手好闲，小两口生活毫无影响，该看电影看电影，该睡懒觉睡懒觉。

长期睡不好吃不好，老公慢慢有点吃不消了，情绪时常崩盘。我吃苦我受罪，我是自主选择，而男人既没有经历十月怀胎又没有经历一朝分娩，孩子一生就让他跟着我思想转变，生活天翻地覆，对于他来说，他是被动接受这一切。

而且我也同样睡不好吃不好，我也需要处理自己的情绪，我还要照顾孩子，就更顾不上老公的情绪了。

这种时候，夫妻情感面临严酷的考验。摊着我这样的老婆，老公也是没辙，我选择了，我承担了，还不行，跟我结婚了，就必须跟我同步，跟我一起承担。

除了工作、家庭，生活圈子里更是没人可以理解我们这一家子。

回老家，我带孩子出门溜达，小广场上全是老人带着孩子，我一个年轻妈妈在其中倒显得特别另类。坐下来，旁边一个婆婆搭上话，聊了两句，语气里优越感十足：我女儿在上海忙着工作哩，我就帮着她带孩子呢。

言下之意，我这个没人家女儿出息的，自然只能沦落着自己带孩子。我父母天天在家被这些三姑六婆明里暗里洗刷，对我脾气也好不到哪里去了。

我爸觉我彻底沦落了，瞅我就跟菜市场那带孩子的大妈一样庸俗低落不思进取。每天跟我叨叨着，孩子再重要还是得奔事业。隔壁的医生给我爸妈偷偷支招：让孩子把奶断了，断奶了就可以把孩子搁老家了。

我自己选择的，自然知道会面对压力和不解，我自己不当回事就完了，可父母却是完全被动地接受外界的压力和不解，他们当然消化不了，少不了又得甩回到我这里。

自己选择，自己承担，说起来简单，哪那么容易。

说白了，你要在这个人际关系网里，做出属于自己的个性选择，你得承受比你想象的多得多得多的东西。

很长一段时间里，我都找不到任何一个人说任何一句话。

黑夜那么短，白日那么长。

我只能坚持我自己心中坚信的，一点点地给自己增长力量，一点点地把自己从这样的生活里拔出来。

在那段时间里，我只有坚持自我学习，直到我创办了自己的课堂。这么努力的原因完全是被逼出来的，因为如果我想要坚持一边工作一边带孩子，我就需要拥有能够主动安排自己工作时间的能力。

在那段走钢丝一样的日子里，我特别害怕自己生病孩子生病，一切都是掐着缝安排。为了保证健康，在这样的生活状况里，人会格外要求自己自律，同时也会特别注意培养孩子的生活节律。所幸在孩子上幼儿园之前的每次生病都在节假日，我从来没有一个时刻是那么深刻地感受到天助自助者。

随着孩子慢慢长大，那段艰难的日子终于过去，人终于喘了一口气，可以做点自己喜欢的事情，可以有一些灵活自由安排的时间，我做的事情也刚刚上路，我却又生了第二个孩子。

看起来实在让人不可理解。说实话，用任何一颗头脑，只要是理智的，都无法理解。在生第二个孩子之前，我考虑了很久要不要生，不管怎么想，结果都是——不生。可第二年我还是怀了。

生完第二个孩子后，我的身体状况变得史无前例的糟糕，时常感到疲惫，稍不注意休息和保暖就会晕倒。

如果我不生孩子，我可以做比现在更多的事，我可以吃喜爱的食物，我可以见想见的朋友，我可以走去许多的地方……生一个孩子，让我的人生从时间、空间、体能上都变得局限，这真是让人苦恼。

如果说生孩子会带来新视野，会带来全新的成长，那我已经做过妈妈了，我实在是没什么理性上的理由必须要生第二个。

别说别人了，就连我自己都在疑问自己。

我没有任何理性的原因可生，可我就是心里想生。

这就是我做选择的方式，再怎么分析当下的利弊，如果不由我自己的心，我就不得安宁。谁的声音对我都不重要，我只能听从我自己内心的声音。如果有一天时光倒回，我还是会做同样的选择，那就是我该选择的。这不是最有利的选择，但这是最让自己安然的选择。

我为什么想生孩子呢？

大概就像一个吃货，一听说有什么好吃的没吃过，坐飞机排长龙，也得吃上一口才不觉得白活。

我这个心里装着太多爱的人，跟父母的链接不够好，而同时代的男人经历了漫长的男权社会，一眼望去实在索然无趣，而我又没有那种把爱给世人的高度，我的爱无处可去。如果我有很多恋爱谈，大概不会生孩子吧。

在我成长的过程里，我得到的爱太稀薄了，我得到的不够我付出的也不够。我的老公善于表达爱，他对爱没我那么多问题，问题在我这里，是我没有恋爱的能力。我来这个世间，就是想品尝爱，就像一个没有味觉的人渴望品尝世间美食。我渴望一个新生命，一个从未被误导，从未被禁锢的新生命，在这个生命的身上，我会看见最初的爱，我希望在孩子身上重启爱的能力，重启爱自己的能力，重启爱别人的能力。

我想要生孩子。但我不是什么伟大的母亲，我就是一个为了自己而生孩子的母亲，我就是为了自己而选择，所以也承担了自己的选择。

我的朋友刚刚新婚，来请教我一些生孩子的建议。

我说：如果你们还没有生孩子的渴望，能不生就不生吧。

我的朋友非常惊讶：喂！我是希望你给我一些生孩子的动力，你居然叫我不生。那你还生两个！

我说：所以让爱生的生去呗。不是每个人都必须要生孩子，别轻易地说能对生孩子负责，生孩子要面对要承担的东西太多了，如果能不生就不生吧。我是被自己逼得走投无路了才生孩子，总之，千万不要被别人逼得走投无路了去生孩子。

我没有自信做孩子，
所以成了妈妈

"我没有自信做孩子。"生星贝前的一个夜晚，这句话突然从我心里浮出来，我终于明白，我为什么需要当一个妈妈。

"必须自己当自己的妈妈，重新把自己再养一回"。就是这样，并不是因为我能够成为一个好妈妈所以我成为妈妈，而是因为我是一个不够格的孩子，所以我需要当一个妈妈，借着孩子的力量让自己重新长一回。

我的孩子让我看见，我是个不够格的孩子。

我的孩子从一岁开始学会说"不"，我奇怪，"妈妈""爸爸"是我们教他学会的词语，可是他自己自发学会，想要去说的第一个字是"不"。不仅我的孩子，所有的孩子都如此。孩子从母亲那里来，可是当他的胳膊长得壮壮，当他的腿脚长得有力，当他还不具备独立生活的能力之前，生命潜在独立的本能已经萌芽，他在学习说"不"，用"不"区分自己的需求和妈妈的需求，用"不"看见自

//197

1981/1

己,用"不"感受自己。

而我这样一个长成的人,已经没有这种本能,一种生命的走向独立的,走向边界的,走向独立的本能。我分不清我的需求和别人的需求,我分不清我的期望和别人的期望,我在成人的世界活得越来越面目模糊。

星宝拜师学棋的第一天,回来兴奋地跟我说:"妈妈,今天学棋师傅让我跟班里同学都走一遍棋,他说要看看我实力,我赢了所有人!"看着小家伙得意的脸,我忍不住正要说"不要骄傲",可这四个字正要冒出来的时候,卡在了喉咙里。

我默默地想,我从来没有如此洋洋得意过呢。虽然得意的时光肯定是短暂而又脆弱的,我还是对小人儿闭了嘴。为何不珍惜这点洋洋得意的机会,为何非要回避登高跌重的可能呢,为何从一开始就要学着平缓地度过一生,不在童年时尽情地去得意一回,去痛哭一场?想到这儿,卡在喉咙里的四个字变成了:"很值得高兴呢。"

人应该珍惜做一个孩子的时光啊。人生那么长,像孩子一样可以坐在路边哭泣,可以一边奔跑一边大笑让胸腔里兜满了风的时光并没有几年。一想到作为一个成人以后,有那么多既不痛快也不痛苦的平平无奇的时光,有那么多无法直白了当欲言又止的时光,就觉得能够去品味洋洋得意的高峰,去经历摔得狗吃屎的坑洼,正是孩子时就应该去经历的事。

何必急着去教育"不要骄傲"呢。过不了多久就会体会连输了几

盘的痛哭流涕，扎扎实实地体会到"人外有人"，才会深刻切肤地理解到"不要骄傲"。

一个人要摔过，看到别人摔倒才会感同身受。一个人要有扎扎实实的痛，那种看到别人痛而心疼的心意。不能只是因为这样是正确的，是我们的头脑命令我们必须表达这样的心意，而要有因为我对此感同身受，由我们的心生发出这样的心意。

因为不敢失败不敢错误不敢痛而一直保守地活着，怕失败了被人笑，怕错误了被人训，怕得意了遭人妒，怕开心了不长久。我的孩子让我看见，我原来没有发出过我的声音，我没有说过"不"，我没有投入地笑、肆意地哭。不见得要被赞赏啊，至少也没有被指责，就这

样，我长大得太快，太快地学会了站在含混不清的安全地带。一个没有鲜明地成为孩子的人，怎么能长成一个鲜活的大人呢。一个没有肆意过尽情过的孩子，怎么能长成一个全然真诚的大人呢。

没有尽情地去犯错，没有尽情地去跌倒，没有尽情的欢乐，就像没有历经饱满日晒没有历经昼夜温差没有历经节气风雨的果实，被膨大剂催熟着拥有着成熟的模样，红了、大了，而毫不甘甜。看起来我已经是一个让人放心长大的人，但我的内在没有流动的甜蜜的汁液。

我没有做过完全的孩子，也没有长成完整的大人。

我的孩子，他会聚精会神地看着他的一只手，以及另一只手；摇晃他的一只手，以及另一只手；吃他的一只手，以及另一只手。有一天他会通过这双手推开我送到他嘴边的勺子，有一天他会通过这双手挣开我的双手迈开他的脚步。我们每一个人原来都是这样长大，通过自己的感觉连接世界，又通过与世界的冲突，一点一点看见自己的轮廓。

我开始看见从来被自己漠视的感觉，我也开始看见我从来回避的与世界的冲突。我跟着我的孩子一起练习，练习发出自己的声音，练习对这个世界说"不"，练习感受自己的身体，练习打开自己的知觉。

在我作为一个母亲之前，我的懂事、听话、和顺，都不过是因为那是正确的。那是一种头脑活着的方式，却不是一种心灵活着的方式。我的生命被新的生命唤醒，当我不害怕面对我自己，我才会真诚地面对他人，当我不害怕说"不"，我才不会害怕被拒绝。

一颗种子并不是只有开出一朵花才叫规范，一朵花也并不是只有一直维持在一朵花的模样才叫正确。我要拥抱自己所有开花的时间和所有不开花的时间，当我接纳所有不开花的时间，我才能在花开的时节真正地绽放。

//203

我站在彼岸观察，
看见爱在萌芽

从来没有体会过这个世间如果有一个跟自己有血缘至亲的同龄人是怎样的感受。从小爸爸妈妈就告诉我，都是为了给我全部的爱所以没有给我生一个"争夺者"。

那时候我的玩伴们几乎都有个弟弟，当然她们口中那些个弟弟也是讨人厌得很，什么都要抢，去哪都要跟，不能说不能惹，还得让着他照顾他，所以小时候觉得自己身边没有这么一个小坏蛋，也是挺好的。

这些年当了妈妈以后，我总在想，如果当年爸爸妈妈把弟弟生下来我会怎样。会不会接受不了这么好的教育，会不会没有上大学而过着另外一段人生，会不会在考虑很多事情时见识和心态变得不一样……

那个没有生下来的弟弟，成了"全部的爱"里的一个深深的

//205

2061/1

抱歉。

我想再生一个孩子，不是为了老人，不是为了孩子，就是想成全自己。我的内心深处有一个否定，我想卸下那个"全部的爱"带来的负罪，我想生一对相亲相爱的孩子。

第二个孩子星贝到来时，老大星宝正处在调皮捣蛋的"狗都嫌"的年纪，担心对他的规训和对二宝的关爱造成落差，于是，我有些小心翼翼。

在家里我们禁止说"看小宝宝多乖"这样可能对两个孩子进行比较的话语。

带新生的二宝出院回家的第一天晚上，我邀请星宝跟我和小宝宝一起睡。

每天我给小宝宝喂奶，爸爸陪星宝走象棋。

房间的灯光暗了，星宝躺在床上眼睛一亮一亮地看着我在隔壁屋搂着二宝喂奶。接触到他滴溜溜的眼睛，我抱着星贝起身，走到星宝床边，亲吻他的额头："妈妈的大宝宝。"

星宝用手把二宝的头往我的脸拨了拨，说："妈妈，你也亲亲小宝宝。"

我克制地亲吻了下小宝宝，想表现得对星宝更亲热点。

然而星宝好像有点失落，他说："小宝宝好乖啊，你亲我，还要亲小宝宝。小宝宝没有妈妈就活不下去了。"

我鼻头一酸心里一软，摸摸星宝的头，一下子失去了声音。

"小宝宝什么时候能跟我一起睡呀,我也好想给小宝宝喂奶啊。今天晚上让他跟我一起睡嘛。"星宝躺在那儿嘀嘀咕咕,我心里突然清澈明悟起来,原来星宝淡淡的失落不是担心他得到的关心变少了爱变少了,而是他感到他参与不到这份爱里面来。

他想参与一份爱中来。他在看着这个小生命感受着自己的生命,当我对这个小生命付出爱时,他会感到自己也曾是这样被妈妈的爱滋养着;当我们关心这个小生命抚育这个小生命时,他会感到自己也是这样身处温暖温柔地长大。

这让我感到我因为担心生出嫉妒而克制着表达爱是多么地局促。我们这些成年的人自以为了解爱,而其实只是站在岸边的爱的观望者。

我们没有友情,我们会嫉妒一切的友情;我们没有爱情,我们会怀疑一切的爱情;我们担惊害怕一切顺其自然的温暖,小心翼翼一切理所应当的关怀。我们对爱的胆怯和匮乏使得只敢于谈论爱,而我们对爱的理解是多么狭义。

而在孩子本真的心里,爱是不会嫉妒的爱,爱也是不会怀疑的爱。爱是一种生命的倒影,可以在其中看见自己成长的脉络,看见自己完整的轮廓。

我的孩子想投入到这份爱中来,而不是站在岸上旁观爱的经过。

这份爱不是固态的，只能给予你或者给予他，爱不是非此即彼的是非论断，爱是流动的，是我流经你又流向他，是从他流经你又流向我，因为这份爱流过了更多的地方，流去了更大的心里，这份爱也变得更加的深浓。

待我从思绪中回过神来，星宝闭着眼睛睡着了，星贝也在我的怀中轻合着眼，夏日的暗夜空气中一片恬静，想起来我小时候多么害怕黑夜啊，而如今的我是如此享受宁静的夜。经过了整个童年，才知道夜里没有妖魔鬼怪，也许也要经过了一整个人生，才会知道爱里的恐惑担忧都是庸人自扰吧。

这夜的启示，就是爱的启示吧。

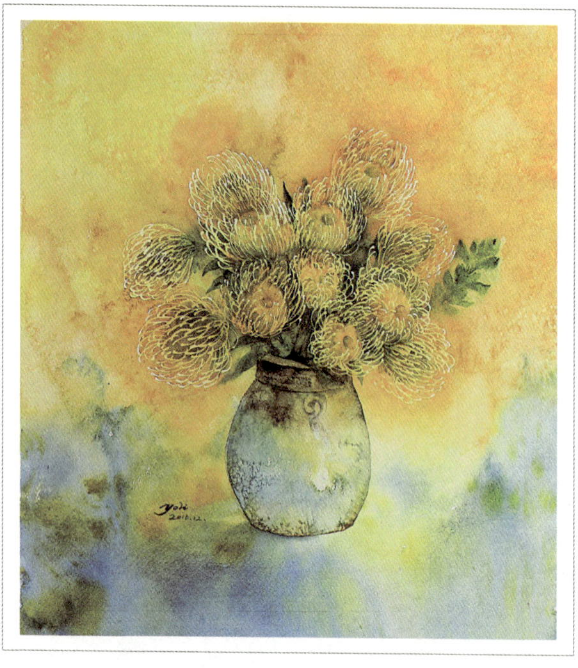

图书在版编目（CIP）数据

心想画画就画画 / Yoli 著. -- 北京：北京时代华文书局，2017.5
ISBN 978-7-5699-1490-0

Ⅰ．①心… Ⅱ．①Y… Ⅲ．①随笔－作品集－中国－当代 Ⅳ．①I267.1

中国版本图书馆CIP数据核字（2017）第056466号

心想画画就画画
XINXIANG HUAHUA JIU HUAHUA

著　　　者	Yoli
出　版　人	王训海
选题策划	陈丽杰
责任编辑	陈丽杰　袁思远
装帧设计	孙丽莉　段文辉
责任印制	刘　银　范玉洁

出版发行 | 北京时代华文书局 http://www.bjsdsj.com.cn
　　　　　北京市东城区安定门外大街136号皇城国际大厦A座8楼
　　　　　邮编：100011　电话：010-64267955　64267677

印　　刷 | 北京京都六环印刷厂　电话：010-89591957
　　　　　（如发现印装质量问题，请与印刷厂联系调换）

开　　本	880mm×1230mm　1/32	印　张	7	字　数	145千字
版　　次	2017年6月第1版	印　次	2017年6月第1次印刷		
书　　号	ISBN 978-7-5699-1490-0				
定　　价	39.90元				

版权所有，侵权必究

心想画画就画画